于漪　主编

我爱你
WO
AI
NI

中国
ZHONG
GUO

跨越百年爱国诗文精选

上海教育出版社
SHANGHAI EDUCATIONAL
PUBLISHING HOUSE

主编

于　漪

副主编

黄荣华　兰保民　陆宏亮

目 录

祖国山川颂

4 龙的脊梁

5 我的中国心

6 铸造中国梦

1 苦难的中国有明天

1949年9月30日，中国人民政治协商会议第一届全体会议决定，在首都北京建立人民英雄纪念碑。碑身正面（北面）镌刻毛泽东题词"人民英雄永垂不朽"八个鎏金大字。背面是毛泽东起草，周恩来题写的碑文：

　　"三年以来，在人民解放战争和人民革命中牺牲的人民英雄们永垂不朽！

　　三十年以来，在人民解放战争和人民革命中牺牲的人民英雄们永垂不朽！

　　由此上溯到一千八百四十年，从那时起，为了反对内外敌人，争取民族独立和人民自由幸福，在历次斗争中牺牲的人民英雄们永垂不朽！"

可爱的中国

◎ 方志敏

朋友！中国是生育我们的母亲。你们觉得这位母亲可爱吗？我想你们是和我一样的见解，都觉得这位母亲是蛮可爱蛮可爱的。以言气候，中国处于温带，不十分热，也不十分冷，好像我们母亲的体温，不高不低，最适宜于孩儿们的偎依。以言国土，中国土地广大，纵横万数千里，好像我们的母亲是一个身体魁大、胸宽背阔的妇人，不像日本姑娘那样苗条瘦小。中国许多有名的崇山大岭，长江巨河，以及大小湖泊，岂不象征着我们母亲丰满坚实的肥肤上之健美的肉纹和肉窝？中国土地的生产力是无限的；地底蕴藏着未开发的宝藏也是无限的；废置而未曾利用起来的天然力，更是无限的，这又岂不象征着我们的母亲，保有着无穷的乳汁，无穷的力量，以养育她四万万的孩儿？我想世界上再没有比她养得更多的孩子的母亲吧。至于说于中国天然风景的美丽，我可以说，不但是雄巍的峨嵋，妩媚的西湖，幽雅的雁荡，与夫"秀丽甲天下"的桂林山水，可以傲睨一世，令人称羡；其实中国是无地不美，到处皆景，自城市以至乡村，一山一水，一丘一壑，只要稍加修饰和培植，都可以成流连难舍的胜景；这好像我们的母亲，她是一个天姿玉质的美人，她的身体的每一部分，都有令人爱慕之美。中国海岸线之长而且弯曲，照现代艺术家说来，这象

3

■ 长城

征我们母亲富有曲线美吧。咳！母亲！美丽的母亲，可爱的母亲，只因你受着人家的压榨和剥削，弄成贫穷已极；不但不能买一件新的好看的衣服，把你自己装饰起来；甚至不能买块香皂将你全身洗擦洗擦，以致现出怪难看的一种憔悴褴褛和污秽不洁的形容来！啊！我们的母亲太可怜了，一个天生的丽人，现在却变成叫化的婆子！站在欧洲、美洲各位华贵的太太面前，固然是深愧不如，就是站在那日本小姑娘面前，也自惭形秽得很呢！

听着！朋友！母亲躲到一边去哭泣了，哭得伤心得很呀！她似乎在骂着："难道我四万万的孩子，都是白生了吗？难道他们真像着了魔的狮子，一天到晚地睡着不醒吗？难道他们不知道自己伟大的团结力量，去与残害母亲、剥削母亲的敌人斗争吗？难道他们不想将母亲从敌人手里救出来，把母亲也装饰起来，成为世界上一个最出色、最美丽、最令人尊敬的母亲吗？"朋友，听到没有母亲哀痛的哭骂？是的，是的，母亲骂得对，十分对！我们不能怪母亲好哭，只怪得我们之中出了败类，自己压制自己，眼睁睁地望着我们这位挺慈祥美丽的母亲，受着许多无谓的屈辱，和残暴的蹂躏！这真是我们做孩子们的不是了，简直连一位母亲都爱护不住了！

朋友，看呀！看呀！那名叫"帝国主义"的恶魔的面貌是多么难看呀！在中国许多神怪小说上，也寻不出一个妖精鬼怪的面貌，会有这些恶魔那样的狰恶可怕！满脸满身都是毛，好像他们并不是人，而是人类中会吃人的猩猩！他们的血口，张开起来，好似无底的深洞，几千几万几千万的人类，都会被它吞下去！他们的牙齿，尤其是那伸出口外的獠牙，十分锐利，发出可怕的白光！他们的手，不，不是手呀，而是僵硬硬的铁爪！那么难看的恶魔，那么狰狞可怕的恶魔！……

■ 桂林山水

啊！那矮的恶魔怎么那样凶恶，竟将母亲那么一大块身体，就一口生吞下去，还在那里眈眈地望着，像一只饿虎向着驯羊一样地望着！恶魔！你还想砍，还想割，还想把我们的母亲整个吞下去？！兄弟们，无论如何不能与它干休！它砍下而且生吞下去母亲的那么一大块身体！母亲现在还像一个人吗，缺了五分之一的身体？美丽的母亲，变成一个血迹模糊肢体残缺的人了。兄弟们，无论如何，不能与它干休，大家冲上去，捉住那只恶魔，用铁拳痛痛地捶它，捶得它张开口来，吐出那块被生吞下去的母亲身体，才算，决不能让它恶魔的肚子里消化了去，成了它的滋养料！我们一定要回来一个完整的母亲，绝对不能让她的肢体残缺呀！

……

不错，目前的中国，固然是江山破碎，国弊民穷，但谁能断言，中国没有一个光明的前途呢？不，决不会的，我们相信，中国一定有个可赞美的光明前途。中国民族在很早以前，就造起了一座万里长城和开凿了几千里的运河，这就证明中国民族伟大无比的创造力！中国在战斗之中一旦斩去了帝国主义的锁链，肃清自己阵线内的汉奸卖国贼，得到了自由与解放，这种创造力，将会无限地发挥出来。到那时，中国的面貌将会被我们改造一新。所有贫穷和灾荒，混乱和仇杀，饥饿和寒冷，疾病和瘟疫，迷信和愚昧，以及那慢性的杀灭中国民族的鸦片毒物，这些等等都是帝国主义带给我们可憎的赠品，将来也要随着帝国主义的赶走而离去中国了。朋友，我相信，到那时，到处都是活跃跃的创造，到处都是日新月异的进步，欢歌将代替了悲叹，笑脸将代替了哭脸，富裕将代替了贫穷，康健将代替了疾苦，智慧将代替了愚昧，友爱将代替了仇杀，生之快乐将代替了死之悲哀，

明媚的花园，将代替了凄凉的荒地！这时，我们民族就可以无愧色地立在人类的面前，而生育我们的母亲，也会最美丽地装饰起来，与世界上各位母亲平等地携手了。

这么光荣的一天，决不在辽远的将来，而在很近的将来，我们可以这样相信的，朋友！

……

啊！我虽然不能实际地为中国奋斗，为中国民族奋斗，但我的心总是日夜祷祝着中国民族在帝国主义羁绊之下解放出来之早日成功！假如我还能生存，那我生存一天就要为中国呼喊一天；假如我不能生存——死了，我流血的地方，或者我瘞骨的地方，或许会长出一朵可爱的花来，这朵花你们就看作是我的精诚的寄托吧！在微风的吹拂

■ 雁荡山

中，如果那朵花是上下点头，那就可视为我对于为中国民族解放奋斗的爱国志士们在致以热诚的敬礼；如果那朵花是左右摇摆，那就可视为我在提劲儿唱着革命之歌，鼓励战士们前进啦！

亲爱的朋友们，不要悲观，不要畏馁，要奋斗！要持久地艰苦地奋斗！要各人所有智慧才能，都提供于民族的拯救吧！无论如何，我们决不能让伟大的可爱的中国，灭亡于帝国主义的肮脏的手里！

（节选自《方志敏全集》，人民出版社2012年版）

我用残损的手掌

◎ 戴望舒

我用残损的手掌

摸索这广大的土地：

这一角已变成灰烬，

那一角只是血和泥；

这一片湖该是我的家乡，

（春天，堤上繁花如锦幛，

嫩柳枝折断有奇异的芬芳，）

我触到荇藻和水的微凉；

这长白山的雪峰冷到彻骨，

这黄河的水夹泥沙在指间滑出；

江南的水田，你当年新生的禾草

是那么细，那么软……现在只有蓬蒿；

岭南的荔枝花寂寞地憔悴，

尽那边，我蘸着南海没有渔船的苦水……

无形的手掌掠过无限的江山，

手指沾了血和灰，手掌黏了阴暗，

9

只有那辽远的一角依然完整，
温暖，明朗，坚固而蓬勃生春。
在那上面，我用残损的手掌轻抚，
像恋人的柔发，婴孩手中乳。
我把全部的力量运在手掌
贴在上面，寄与爱和一切希望，
因为只有那里是太阳，是春，
将驱逐阴暗，带来苏生，
因为只有那里我们不像牲口一样活，
蝼蚁一样死……那里，永恒的中国！

（选自《戴望舒全集——诗歌卷》，中国青年出版社1999年版）

■ 日出东方

甲午海战

◎ 朱祖贻　李　恍

灯亮。

鸭绿江外黄海海面。致远兵船上。

同日中午，致远兵船在黄海上行进。火炮轰鸣，海战已有数小时，水手们奔跑救火、救伤、搬运炮弹。老水手负了重伤，坐在甲板上自己包扎。舰桥上，李培青在指挥。

李培青　炮弹！前甲板！

小顺子跑上。

小顺子　张大爷，我扶你下舱去。

老水手　不要管我，快上炮位去打鬼子！（站起来，向前奔跑。）响起一阵爆炸声。

望　哨　西京丸被打中了！日船西京丸被打中了！

前炮水手的欢呼声。邓世昌兴奋地从前炮回来。

邓世昌　西京丸被我们打沉了！

李培青　打得好呀！大人！

邓世昌　赶快禀报督船，我们准备向吉野进攻！

李培青　是！

李仕茂、王国成跑上。

11

李仕茂　大人，西京丸被我们打沉了。把吉野交给我们打吧！

王国成　大人！下令吧！

邓世昌　好！把炮口瞄准吉野，听令！

李仕茂
　　　　是！（跑下。）
王国成

邓世昌　正舵！军门大人回答了没有？

望　哨　大人！军门身受重伤，刘总兵命令各船自行照管。

邓世昌　什么？

望　哨　刘总兵命令各船自己照管自己。

邓世昌　竟有这样的指挥！

■ 致远舰部分军官合影

丘少龙　管带！督船既有命令，我船此刻撤出战斗，正是时机。

李培青　大副！兄弟舰船正在流血苦战，难道咱们不去合力杀敌，只顾自己贪生逃跑？军门大人要是……

丘少龙　军门大人身受重伤，无力指挥，已是鞭长莫及了。咱们尽可以按刘总兵的命令行事。

邓世昌　无耻！正是刘总兵擅自下令改成一字横队，才使整个船队陷入敌阵，遭受不测。此刻身为督船指挥，又丢下船队不管，只顾自己……

　　远处一阵激烈的炮声。

李培青　大人！督船身受重围，四艘日舰正向督船围攻。

望　哨　督船桅杆打断，帅旗坠落！

李培青　船队更加混乱！

　　众水手跑上。

众水手　大人！我们怎么办？

丘少龙　你们来干什么？回炮位！快回炮位！

　　众水手跑下。

李培青　大人，我们怎么办？

邓世昌　我船升起帅旗！

李培青　是！

丘少龙　慢。管带！军门大人不在我们船上，我们怎么能随便升起帅旗？

邓世昌　军门是不在我们船上，但是没有帅旗就没有指挥。你没有看见船队更加混乱了吗？升起来！

丘少龙　邓管带！没有军令，擅自升起帅旗，这是篡夺兵权！

邓世昌　你说什么？

丘少龙　管带！我们升起帅旗，日本兵船就会集中炮火打我们呀！

邓世昌　大副！我们正是要分散敌人的炮火，让军门督船突出重围。快升起来！

　　　　升帅旗，船上水手欢呼。

邓世昌　命令贵远、经远集中炮火掩护督船突围！二副，你去指挥前炮！

李培青　是！（跑下。）

　　　　激烈的炮声，船舷升起水柱，烟雾弥漫。

望　哨　日船集中炮火轰击我船！

丘少龙　降下帅旗！降下帅旗！

邓世昌　大副！你赶快去指挥后炮打沉吉野！

　　　　丘少龙不顾一切地跑上舰桥。

邓世昌　你忘掉了军法！

　　　　丘少龙只得跑下舰桥，行至一半，一声巨响，致远中一弹，邓世昌手臂负伤。望哨给邓世昌包扎。丘少龙震倒在地，爬起后，忙摘下救生圈，欲跳海逃生，忽听方仁启在舱房窗边叫他。丘少龙过去开锁。方仁启出，夺过丘少龙手中的枪，向邓世昌射击，未中，抱救生圈跳海逃跑。邓世昌闻枪声，从舰桥奔下。

　　　　小顺子急上。

小顺子　邓大人！方管带跳海逃跑了！

邓世昌　开枪射击！

小顺子　是！（下。）

　　　　枪声。

邓世昌　丘少龙！（逼向吓呆了的丘少龙。）

　　　　丘少龙欲逃，李培青正好走上。

丘少龙 （无路可逃，跪下）管带！

邓世昌 （拔出宝剑，逼近，一剑刺死丘少龙）叛贼！

李仕茂跑上。

李仕茂 大人，吉野被打中起火了！

邓世昌 好！乘胜追击，打沉它！

李培青
李仕茂 是！打沉它！（跑下。）

邓世昌上舰桥。

邓世昌 右舵高速！

这时前后炮都不响了。

邓世昌 炮怎么不响了？二副！连续发炮，务必打沉吉野！

小顺子跑上。

小顺子 大人！前炮出了毛病，炮弹打不出去。

水手戊跑上。

水手戊 大人！后炮炸毁，炮手炸死！

李培青跑上。

李培青 管带！大炮没有毛病，是炮弹打不响。

邓世昌 赶快换炮弹！

李培青 现在剩下的全是丘大副领来的美国炮弹。

李仕茂、王国成等抱一发打不响的炮弹上。

李仕茂 这就是美国新式炮弹！（倒出弹中沙土）看，不是弹药，全
是沙土！

小顺子 炮弹的底火装的全是煤灰！

邓世昌 列强和日本狼狈为奸！

王国成 要是咱们自己能造炮弹，那该多好……

15

邓世昌　主炮能用的炮弹还有多少?

李仕茂　炮弹全部用尽!

邓世昌　什么?

众水手　炮弹全部用尽!

邓世昌　炮弹全部用尽!

望　哨　大人! 吉野继续向我逼近!

众水手　大人!

邓世昌　二副, 全船水手列队!

李培青　是! (传令) 全船水手列队!

　　　　舰钟急鸣, 水手们持枪列好队伍。

李培青　(报告) 列队完毕!

■ 中国甲午战争博物馆陈列馆

邓世昌以海军的仪式最后一次检阅了自己的水手，阅毕，登上
舰桥。

邓世昌　弟兄们！炮弹已全部用尽，可敌人在一步步逼近了我们……

望　哨　吉野离我还有三千码！

邓世昌　二副，赶快放下舢板，带领重伤的弟兄们马上离船！

李培青　大人！同舟共济，我们不能离船！

小顺子　大人！我们不能离船。你也受了重伤，你不走，我们也不
走。我们誓死要和大人在一起！

邓世昌　我是兵船管带，誓与兵船共存亡！培青，赶快带领重伤的弟
兄们离船！

李培青　大人！

邓世昌　这是命令！

李培青　老水手！

老水手　在！

李培青　赶快带领重伤的弟兄们离船！

老水手　二位大人！我们不能离船。弟兄们发过誓，只要还有一口
气，决不能让日本鬼子在中国的海上横行霸道！只要兵船不沉，誓与
鬼子拼杀到底！只要管带您在，弟兄们就是上刀山下火海也心甘情
愿！大人，弟兄们生死要和您在一起！

众水手　大人！

邓世昌　弟兄们！我谢谢你们！你们是中国真正的水手，北洋水师的
英雄好汉！

　　火光冲天，一声巨响。

望　哨　经远兵船中鱼雷。林管带来信号告诉大人："宁死不屈，奋勇
杀敌！"经远下沉了……

邓世昌跪下，水手们全都下跪。

邓世昌　（遥遥凭吊）好兄弟！不成功，就成仁！宁死不屈，奋勇杀敌！

众水手　（复诵）宁死不屈，奋勇杀敌！

望　哨　大人！吉野向我们发出信号！（大家站起。）

邓世昌　什么？

望　哨　它要我们……

邓世昌　要我们干什么？

望　哨　它要我们……投降！

邓世昌　弟兄们！吉野欺侮我们没有炮弹，想逼我们投降！

众水手　大人！我们决不投降！

一声巨响，帅旗坠落。

望　哨　帅旗！

众水手　帅旗！

李仕茂举起帅旗，爬上软梯，帅旗迎风招展。

邓世昌　滔滔黄海，兵船就是国土！世昌卫国杀敌，死而无怨！（解下宝剑）培青！你和弟兄们万一生还，定要和鬼子拼杀到底，雪耻报国！（交剑给李培青。）

李培青　（沉重地接过宝剑）……

望　哨　大人！吉野离我还有三百码！

邓世昌　弟兄们，现在我们还有一条胜利的路，那就是用我们的兵船开高速撞沉吉野！

众水手　大人说得对！

邓世昌　弟兄们！准备好快枪，正舵高速！

望　哨　吉野离我还有二百码！

18

邓世昌 最高速，向吉野冲！

众水手 杀！

　　鼓号齐鸣，杀声震天。全船官兵以誓死不屈的英雄气概，驾着高速前进的战船向吉野冲去。

（节选自《中国话剧选》，上海文艺出版社1982年版）

甲午海战

细雨台儿庄

◎ 肖复兴

去台儿庄那天，天下着雨，整个台儿庄笼罩在蒙蒙细雨之中。灰蒙蒙雾一样的雨飘洒着，摇曳得远近的景物都有些变形，台儿庄还像是在一片硝烟未散的弥漫里，似乎战争刚刚结束不久。由于雨的缘故，路面很滑，汽车行驶得很慢，眼前的景色如慢镜头徐徐展开，历史仿佛悄悄向我走近，一下子可触可摸起来。

台儿庄！隔着车窗玻璃，我在心里禁不住轻轻地叫了一声。我觉得我和台儿庄一起都隐隐在疼。

在中国的抗战史上，台儿庄是一面旗帜。它让日本强盗为自己的罪行付出了代价，为自己掘开埋葬自己的坟墓。1938年之春那场震惊世界的战役，日寇渡过黄河，坂垣师团和矶谷师团前后夹击台儿庄，妄图一举攻克济南，打通津浦铁路线，一口吞下中原。台儿庄，在这里矗立起一道血肉之躯建立起的屏障，阻挡住了侵略者骄横的步伐和无耻之梦。台儿庄，让一万多名日本强盗在这里丧生，也让中国将士付出了三万多人的性命。台儿庄，当我一想起这样的惊心动魄的数字，我就为你肃然起敬。我就能够感受到你的怦怦心跳，你的碧血飞溅，你的呼啸呐喊。落日照血旗，马鸣风萧萧。

台儿庄，你这被世人称为"中华民族扬威不屈之地"！

在当年尸骨成堆、断壁残垣的旧战场上，如今建起了高大漂亮的纪念馆。青灰色的花岗岩的石阶和两旁血红的鲜花，都沐浴在雨丝中，格外清新干净，灰得那样沉重，红得那样醒目。因为下雨，参观的人不多，四周安静得犹如深山古刹，远处田野里的玉米连接成无边的青纱帐，在如丝似缕的雨雾中摇曳着丰收的韵律，仿佛这里什么也没有发生过，就这样如同旅游胜地一样充满着和平与温馨。

圆屋顶覆盖下的展览大厅，四周是用实体和画笔结合勾勒出的战争图景。按动旋钮，声光影控制，音乐响起时，眼前的图景里突然炮火连天，刀光剑影，逼真成当年台儿庄战役的模样，甚至连当年拼死巷战，尸体横陈，堵死了巷口街头的情景都那样逼真。可除了当年在这里浴血奋战的人，和当年壮烈牺牲的人的家属，谁还能够真正认识清楚眼前这环形立体电影一般的画面，是属于历史，还是属于今天？

其实，在我看来，再逼真，也只是仿造而已。不如留下当年战争中一段台儿庄坍塌的旧城墙，烧毁的老村庄，留下一段断壁残垣，留下一片废墟荒村，更为逼真，更为惊心动魄。我想起那年去日本，在广岛看见日本修建和平公园，在鲜花簇拥着的公园里，特意保留着当年原子弹爆炸后唯一留下的一座建筑物的残骸，如同恐龙骨架一样，斑驳凋零，突兀着，扭曲着，一派疮痍，让它与四周的花团锦簇做着醒目而残酷的对比，让世人永远忘记不掉战争的恐怖。他们把自己修建成一个战争受害者的形象，却遮掩着他们自己曾经就是这场战争的发动者；他们把别人投下的原子弹摆在醒目的面前，却把自己的炸弹埋在地下，在地上栽上缤纷的鲜花。

我想起电影《辛德勒名单》里那些弹着巴赫钢琴曲疯狂残杀犹太人的法西斯，和在广岛看到的在鲜花下掩盖着鲜血的对比一样，刺激在我的心头。无论德国法西斯也好，日本法西斯也好，都是一类货色，我们与他们不共戴天。站在台儿庄当年的战场上，心里总觉得我们这里修建得太像公园了。我们流的血比他们多，在日寇残酷"三光"政策和血淋淋的刺刀下，2 000万中华民族的子孙死在那场战争中啊，那么多的地方变成了惨不忍睹的废墟，我们却没有保留下一处真实的类似奥斯威辛集中营的战争遗址，也没有保留一处如同广岛那样哪怕只是一点战争残骸也好。

但是，这里毕竟是台儿庄当年的战场，站在这里，虽然多少有些遗憾，看不到废墟，闻不见血腥，听不到枪声……依然让我禁不住想起那些惨无人道的法西斯，他们就曾经在这里——不是他们的国土而是在我们的家里燃起罪恶的战火，屠杀我们多少无辜的同胞，枪声炮声就在我的耳边响起，成河的鲜血就在我的脚下流淌，罪恶和腥风苦雨就在我的眼前弥漫。站在这里，历史一下子显得很近，仿佛就在昨天刚刚发生过一样。历史，于我们很近，是一件触目惊心的事，会让我们感到可怕；历史，离我们太遥远了，就没有那么可怕了，就会逐渐被有形无形的时间、有意无意的距离稀释、淡忘乃至扭曲。

台儿庄，让我们记住这一点，记住鲜花掩不住志士们的鲜血，也掩盖不住侵略者的罪行。

■ 李宗仁

■ 台儿庄战役浮雕

　　就是这片土地上，面对日本侵略者，我们的中国敢死队员们掷地有声地扔下了发给他们每人手中的一块银元，他们说我们只要在我们死后的地上建一块纪念我们的碑！他们这样说罢，慷慨冲向侵略者的炮火中，义无反顾，全部阵亡。这悲壮的情景吓得侵略者胆战心寒，魂飞魄散，定格在1938年那血染的春天。如今，在他们牺牲的土地上，建起了这座宏伟的纪念馆。细雨还在飘飘洒洒，仿佛是苍天祭祀他们而抛洒下的泪水。我们会忘记他们吗？我们会忘记侵略者吗？我们会忘记战争吗？我们会忘记那一段历史吗？我们会忘记与这样一段悲壮历史交融共存的台儿庄吗？

　　台儿庄！

（选自《肖复兴散文·艺术卷》，作家出版社1998年版）

艰难的国运与雄健的国民

◎ 李大钊

历史的道路，不全是坦平的，有时走到艰难险阻的境界，这是全靠雄健的精神才能冲过去的。

一条浩浩荡荡的长江大河，有时流到很宽阔的境界，平原无际，一泻万里。有时流到很逼狭的境界，两岸丛山叠岭，绝壁断崖，江河流于其间，曲折回环，极其险峻。民族生命的进展，其经历亦复如是。

人类在历史上的生活，正如旅行一样。旅途上的征人所经过的地

■ 黄河

方，有时是坦荡平原，有时是崎岖险路。老于旅途的人，走到平坦的地方，固是高高兴兴的向前走，走到崎岖的境界，愈是奇趣横生，觉得在此奇绝壮绝的境界，愈能感得一种冒险的美趣。

中华民族现在所逢的史路，是一段崎岖险阻的道路。在这一段道路上，实在亦有一种奇绝壮绝的景致，使我们经过此段道路的人，感得一种壮美的趣味。但这种壮美的趣味，是非有雄健的精神的不能够感觉到的。

我们的扬子江、黄河，可以代表我们的民族精神。扬子江及黄河遇见沙漠、遇见山峡都是浩浩荡荡的往前流过去，以成其浊流滚滚，一泻万里的魄势。目前的艰难境界，那能阻抑我们民族生命的前进。我们应该拿出雄健的精神，高唱着进行的曲调，在这悲壮歌声中，走过这崎岖险阻的道路。要知在艰难的国运中建造国家，亦是人生最有趣味的事……

（选自《李大钊全集》第 4 卷，人民出版社 2013 年版）

苦难的中国，有明天

◎青　勃

冻结的日子
　　有火
月黑夜
　　有灯
沙原上
　　有骆驼
土地下面
　　有种子
堤岸里头
　　有激流
鞭子底下
　　有咆哮

被欺污的
　　有仇恨
穷苦的人
　　有骨头
哭泣的天空
　　有响雷
打抖的冬天
　　有春梦
血汗灌溉的地方
　　有不凋的花
苦难的中国
　　有明天……

（选自《号角在哭泣》，群星出版公司，1947年版）

■ 华山日出

26

2 鲜红的太阳永不落

1949年10月1日下午3时，中华人民共和国开国大典在北京天安门广场隆重举行。毛泽东主席庄严宣告："中华人民共和国中央人民政府今天成立了。"军乐队奏响雄壮的《义勇军进行曲》，鲜艳的五星红旗冉冉升起。

　　新中国的成立，实现了中国从几千年封建专制政治向人民民主的伟大飞跃，是近代以来实现中华民族伟大复兴的里程碑，中华民族发展进步从此开启了新纪元。

国 旗 谱

◎ 郝敬堂

五星红旗，你是我的骄傲！

五星红旗，我为你自豪！

为你欢呼，为你祝福，

你的名字比我的生命更重要……

每当听到这首唱给国旗的歌，我们心里就激荡着无比的骄傲，每当我们看到那面五星红旗的升起，我们心里充溢着无比的自豪。在这种骄傲和自豪的时刻，人们不应该忘记他们，共和国国旗的功臣们。他们是：

第一面五星红旗的设计者曾联松；

第一面国旗的缝制者赵文瑞；

第一位国旗卫士李元谱；

升了26年国旗的升旗手胡其俊；

《歌唱祖国》的词曲作者王莘。

五星红旗的设计者——曾联松

1949年6月15日，周恩来同志主持中国人民政治协商会议筹备会第一次会议，会议决定成立草拟国旗、国歌、国徽领导小组，组长由著名教育家马叙伦担任，副组长由叶剑英、沈雁冰同志担任。会议还决定，以政治协商会议的名义通过新闻媒体向全国人民公开发表征集国旗、国徽、国歌的启事。

那天，曾联松正在聚精会神地伏案阅读当天的报纸，突然，征集国旗图案的启事映入他的眼帘。国旗，国家的象征，民族独立的标志，一个古老文明的东方大国，一个饱受外国列强侵略的民族，今天终于站起来了，骄傲地屹立在东方，自立于世界民族之林，这消息太振奋人心了！作为一名党的地下工作者，一名热血澎湃的爱国青年，怎能不为此欢欣鼓舞？那一晚，他彻夜未眠，往事一起涌上心头。

曾联松生于浙江瑞安，少年时代酷爱书画，写得一手好字。做过书画家的梦，可那美好的梦想被无情的现实击得粉碎。他亲眼见那块"华人与狗不得入内"的牌子对中国人的歧视和凌辱；亲眼见南京30万同胞在日本侵略者的屠刀下丧生；亲眼见抗战胜利后国民党挑起内战把中国人民再次投入水深火热之中。山河破碎，金瓯残缺，满目疮痍，生灵涂炭，忧国忧民的爱国情怀使他走上了一条立志救国的革命道路。

从1900年清王朝的"金龙旗"诞生起，近半个世纪的岁月里，中国的天空飘动过形形色色的旗帜，米字旗、星条旗、太阳旗、青天白日旗，这不断变换的每一面旗帜无不给中国人民带来屈辱和苦难。今天，人民当家作主的新中国诞生了，中国开始了新纪元，中国历史将翻开新的一页。作为新中国象征的国旗该如何展示"中国人民从此站起来了"的自尊和荣耀？曾联松决定亲手设计一面国旗来表达他的爱国之情。

一个星光灿烂的夜晚，曾联松凭窗眺望星空，对着满天闪烁的星斗，他突然产生灵感：人们不是常说盼星星、盼月亮吗？盼星星，盼月亮，盼来了中国共产党，这中国共产党不正是中国人民的救星吗？

我爱你，中国

于是，他铺开画稿，画了一颗大星，数颗小星，大星居中，小星环绕四周，像众星拱北斗。大星象征着中国共产党，小星象征着广大人民，人民紧紧地环绕在党的周围，团结战斗，从胜利走向胜利。设计的主题思想明确了，环绕大星的小星应该是几颗为宜？它们各代表什么？曾联松反复推敲，苦苦思索：毛主席在《论人民民主专政》一文中指出：人民是什么？在中国，在现阶段，是工人阶级、农民阶级、城市小资产阶级和民族资产阶级。这些阶级在工人阶级和共产党的领导之下，团结起来，组成自己的国家，选举自己的政府。对了，就是五颗，一颗大星居上，四颗小星环拱，大小呼应，疏密相间，平衡而和谐，明朗而大气。色彩红黄相间，底色为红色，五星为黄色，红色象征热烈，象征革命，黄色象征幸福和光明。

国
旗
谱

■ 天安门前飘扬的国旗

从国旗的样式到图案，从图案到内涵，曾联松都作了精心的筹划和设计。一遍又一遍地否定自己，一遍又一遍地修改设计方案，经过一个多月的努力，他把自己用心灵创作的国旗图案寄给了审评委员会。

短短一个月时间，审评委员会共收到国旗应征图案1920份，在来稿者中，有将军，有士兵，有艺术家、学者，也有普通的工人和农民。一张张国旗图案，凝聚着一颗颗爱国心。经过反复研究和筛选，审评委员会从中选出38幅具有代表性的作品广泛征求意见，最后民主定选。

新中国国旗的诞生过程，是一个充分发扬民主的过程。38幅图案在评委们面前一字形摆开，为了达到公平竞争的目的，每件作品只标代号不署名，任人评说，投票定选。

9月23日，大会再次讨论国旗方案，大多数人倾向第17号，也就是曾联松设计的方案。

9月27日，周总理主持政协会议，讨论通过首都、纪元、国旗、国歌方案。次日的全国各大报刊上，同时刊登了中国人民政治协商会议第一届全体会议通过的关于中华人民共和国首都、纪元、国旗、国歌的决议，并附有国歌、国旗及词曲和图案。

曾联松的心愿实现了，这是全国人民共同的心愿！多少年来，多少先贤志士，多少共产党人，为争取民族解放而献出宝贵的生命，他们用鲜血染红了这面国旗，他们用生命铸造了国魂。

不久，曾联松收到中央人民政府办公厅的通知：曾联松同志，你所设计的中华人民共和国国旗，业已采用，兹赠送人民政协纪念册一本，人民币500万元（折合现人民币500元），作为酬谢你对国家所作的贡献。

我爱你，
中国

第一面国旗的缝制者——赵文瑞

"针儿长，线儿密，含着热泪绣红旗……"这歌声那么遥远，又那么熟悉，它从黎明前的黑暗中传来，在人们心中激荡了差不多半个世纪。

1949年元月，大钟寺迎接新年的钟声刚刚敲过，北平和平解放的消息传来。一时间，京城张灯结彩，万众欢腾，大街小巷，锣鼓震天，彩旗翻飞。赵文瑞怀着同一种喜庆的心情走进庆祝的队列，走上街头。

战乱从此结束了，新的生活重新开始了，人民当家作主了，饱受战乱之苦生活在水深火热之中的劳苦大众怎能不欢欣鼓舞？

少年时代，赵文瑞在一家小作坊里做童工，靠缝补浆洗挣来的微薄收入度日子。为了她的前途，姐姐和嫂子节衣缩食，供她上了地安门职业补习学校。在那里，她学会了刺绣和蜡染技术。补习班结业后，她应聘到美术供应社工作。这里不再有剥削，不再有压迫，这里是自己的工厂，政治上人人平等。当家作主人的赵文瑞浑身有股使不完的劲，每天早上班，晚下班，以十二分的精力投入工作。

是年9月初的一天，赵文瑞刚刚上班，被领导叫到办公室。"赵文瑞同志，我们美术供应社接到一项特殊任务，为了迎接开国大典，让我们抽一些人布置怀仁堂，你是技术骨干，要带头完成好这项光荣的任务。"领导做了动员后，一辆吉普车把她和另外几名女工拉进中南海。

墙壁要粉刷，大厅要布置，窗帘要更新，修整和装饰工作在夜以继日地进行。赵文瑞分工制作窗帘和台布，时间紧，任务重，为了不误工期，她不分昼夜地加班加点工作。

"同志们辛苦了！"周恩来同志来到工作间，热情地向大家打

国
旗
谱

招呼。

"要照顾好工人们的生活和休息，不要工作得太晚。"周恩来同志对身边的工作人员交代说。

周恩来同志日理万机，还抽时间来看望我们工人，是那么慈祥，那么善良，那么平易近人，那么关心群众。第一次见到周恩来同志，赵文瑞和工友们一样，心中油然而生敬意。

9月25日下午，彭光涵拿着一份国旗图案急匆匆来到美术供应社，把制作国旗的任务交给了缝纫工赵文瑞，将国旗的规格、尺寸、图案要求一一作了详细的交代，他最后强调说："这是周恩来同志亲自交代和部署的任务，明天必须完成，在后天召开的全会上要表决通过国旗方案，一旦获准通过，这将是中华人民共和国第一面国旗。"

周恩来同志亲自部署的任务，全国四万万五千万人民的重托，接过国旗方案，赵文瑞激动得热泪盈眶，一个普通的女工，将受如此重托和信任，这是终身的荣誉和骄傲。

自从新闻媒介征集国旗图案的通知发出后，京城一度"洛阳纸贵"，各绸布店的缎子被抢购一空。美术供应社的采购人员跑遍京城，最后在"八大祥"之一的瑞蚨祥绸缎庄买来一匹上好的红缎和半匹黄缎。赵文瑞按照国旗方案规定的尺寸认真地裁剪，精心地缝合。国旗长五米，宽三米，铺开来比一间屋子还要大，操作间没有这么大的案板，赵文瑞把面料铺

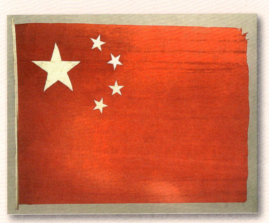

■ 开国大典上升起的中华人民共和国国旗

在地板上，躬身趴在地上缝制。用来剪裁五星的黄缎宽度只有一尺，按设计要求裁不出完整的大五星，赵文瑞精心地拼接，使之天衣无缝，浑然一体。

9月27日，政协举行全体会议，当沈雁冰作完拟制国旗的报告并将一面国旗在主席台上展开时，全体与会代表热烈鼓掌，举手表决通过。

10月1日，毛主席在开国大典上亲手升起这面国旗。

第一位国旗卫士——李元谱

人的一生中有许多纷繁的经历，有些经历随着时光的流逝而淡漠了，有些经历虽是一个短短的瞬间却终生难以忘怀。李元谱就有一次终生难以忘怀的经历，在开国大典上，他十分荣耀地当了一次国旗卫士。

开国大典的日子已经确定，华北军区宣传部长张致祥受命担负天安门广场的布置任务。天安门城楼如何布置？观礼台如何设计？广场如何装饰？国旗杆设在什么位置？要做的事情很多很多，要一件一件抓落实。

"升国旗是新中国诞生的重要标志，要由毛主席亲手来升。从天安门城楼到国旗杆200多米的距离，如何让毛主席亲手升起这面五星红旗？"在讨论升旗的具体事项时，大家集思广益，提出种种建议和方案。

"我有一个设想，在天安门城楼上设一个电动开关，让毛主席按电钮升旗。"一位年轻人提出一个大胆的设想。

"这个设想很好，它能不能成为现实？"张致祥既作了肯定，又画了一个大大的问号。

"可以作一个尝试。"一位年轻的工程师自告奋勇。他叫林志远，是北京市建设局的电力工程师。

在一定距离外安装电钮控制升降旗，在国外有过报道，可在国内尚无先例。能否实验成功，林志远心中没有底。电线要穿过城楼、金水桥、长安街，直至广场的旗杆下，这条电线既要隐蔽又要安全，技术上的难关要攻破，这施工上的难题也不小啊！城楼的结构不能破坏，金水河、长安街如何穿过？

难题一个个提出，又一个个解决。

9月30日，电动升旗的装置安装完毕。是夜，在天安门广场首次预演，受周恩来同志的委派，聂荣臻同志亲临现场检查验收。

电钮按下了，国旗在电动马达的带动下冉冉升起。成功了！在场观摩的领导、设计人员、施工人员怀着同样激动的心情目睹这个奇迹般的升起。就在人们积聚感情准备欢呼成功的时刻，意想不到的情况出现了，徐徐上升的国旗突然间停在了国旗杆的中央。国旗停了，人们的心跳却在骤然加快。

事故很快被排除，事故原因也同时被查清，可这次小小的事故却引起领导同志的警觉。

"如果停电怎么办？"聂荣臻同志问。

"为了保险起见，我们采用了双向电源。"电力工程师徐博文有把握地回答。

"这双向电源来自何方？"聂荣臻同志继续问。

"一路来自石景山电厂，一路来自平津唐电网。"

"如果双向电源同时出现故障怎么办？你们是否还有其他措施？"聂荣臻同志又问了一句。

张致祥一时无言以对。

聂荣臻同志说："明天的升旗仪式全世界都在注目，要做到万无一失，绝对不能出现丝毫差错。我建议再制定一套人工升旗方案，一旦停电或电动装置失灵可以弥补。要做到有备无患，才能立于不败之地。"

按照聂荣臻同志的指示，张致祥立即部署成立人工升旗预备队。

时已深夜，人们早已沉浸在甜蜜的梦中，只有为开国大典做准备工作的人们在不知疲倦地忙碌着。

华北军区二纵队干部学校的电话铃响了，政委接过电话来到通信班，叫醒了睡梦中的战士。"刚才接到上级通知，要求我们抽调两名战士到国旗杆下执行任务，具体任务一是保证国旗安全，二是一旦升旗的电动装置出现故障后，保证在两分钟内将国旗升到旗杆顶端"。

"通讯班长。"

"到！"

"李元谱。"

"到！"

"这个艰巨的任务由你们两人担负。"

"是，保证完成任务！"

国旗杆有多高？国旗该怎样悬挂？能否保证在两分钟之内人工将国旗升至旗杆顶端？为了保证完成任务，李元谱和班长连夜赶到天安门国旗杆下，一遍又一遍地演练，直到第二天东方发白。

置身于万众欢腾的天安门广场，目睹开国大典的盛况，作为一名解放军战士，李元谱心情格外激动。当兵三年了，参加了大大小小无数次战斗，经历过战火硝烟的无数次考验，目睹无数先烈倒在敌人的刺刀下，鲜血染红了战旗，英勇奋战也罢，流血牺牲也罢，不都是为了这一天吗？

此时的天安门广场，人的海洋，花的海洋，歌的海洋，人们无法掩饰内心的激动和喜悦，等待着那个伟大的庆典开始。

"中华人民共和国中央人民政府今天成立了！"下午3时整，毛主席在天安门城楼上向全世界发生庄严的宣告。

和平鸽带着喜讯飞向蓝天，七彩球带着希望升上天空，万众的欢呼声和28响礼炮齐鸣。

"请毛主席升国旗！"高音喇叭里传来大会秘书长林伯渠洪亮的声音。

沸腾的天安门广场顿时肃静下来，人们的目光骤然聚焦在广场的国旗杆上。

"起来，不愿做奴隶的人们，把我们的血肉筑成我们新的长城……"在《义勇军进行曲》雄壮的旋律声中，一面鲜红的五星红旗在人们期待的目光中冉冉升起。

作为第一任国旗卫士，李元谱面对国旗敬了一个两分钟的军礼。

《歌唱祖国》的词曲作者——王莘

"五星红旗迎风飘扬，我们的歌声多么响亮，歌唱我们亲爱的祖国，从今走向繁荣富强……"差不多半个世纪了，这首歌伴着新中国一起成长。《国旗法》实施后，升旗仪式进行第三次改革，在原来三人升旗的基础上，增加了佩带指挥刀的带队警官，32人的护旗方队，60人组成的军乐队，升旗的行进途中，有军乐队演奏《歌唱祖国》的旋律。从此，《歌唱祖国》和国旗自然地联系在一起。

《歌唱祖国》的词曲作者是谁？他虽然默默无闻不为人知，可历史不会忘记他所做的贡献。王莘老人是坐轮椅从天津来北京参加"续国旗谱"活动的，他就是《歌唱祖国》的词曲作者，虽然已80高龄，可谈起这首歌的创作经过时，却记忆犹新。

"1950年9月，我来北京出差，路过天安门广场，看到一幅国泰

民安的景象：装饰一新的天安门城楼上挂着毛主席巨幅画像，广场中央五星红旗迎风飘扬，少先队员吹打着鼓号从长安街穿过，休闲的人们在蓝天白云下放飞风筝，吹响歌哨。人们把欢笑写在脸上，自由自在地享受新生活。从战争硝烟中走过来的人们最懂得和平和自由的珍贵。祖国，这个饱经沧桑的母亲，经受百年屈辱，经过浴血奋战，终于顶天立地地站立起来，巨人般地屹立在世界的东方，作为她的儿女，能不为之高兴和自豪吗？就从那一刻起，我就产生了一种创作的冲动，想写一首献给祖国母亲的歌。回家的路上，我心情久久不能平静，那面迎风飘扬的五星红旗，那队敲锣打鼓走过天安门广场的少先队员的身影不时在我脑海中迭现，澎湃的创作激情和美好的生活感受瞬间碰撞出时代的旋律：五星红旗迎风飘扬，我们的歌声多么响亮……在回家的火车上，我写出第一段歌词，并即兴为这段歌词谱上曲。回到家后，意犹未尽，又填写了第二段、第三段歌词，反复修改词曲，创作完成了，先是自己唱，后来家人唱，再后来就是学生唱，慢慢地流传开来，从天津流传到北京，成为北京大学学生们的流行歌曲。1951年国庆节前夕，音协的一位朋友打电话给我，说国庆节音协向全国推出两首革命歌曲，一首是《世界人民一条心》，一首是《歌唱祖国》，听说《歌唱祖国》这首歌是从天津传唱出来的，问我是否知道这首歌的词曲作者。当时我很激动，当我重新审视这首歌的词曲时，似乎发现它并不属于我，它属于人民，是亿万人民共同的心声。"王莘老人讲述了自己的创作经历。

祖国永远年轻，《歌唱祖国》的歌声永远嘹亮。一颗颗爱国心在歌声里凝聚，一代代爱国情在歌声中延伸。

升了26年国旗的升旗手——胡其俊

自从升旗仪式改革之后，每逢重大节日，胡其俊总是早早地赶到天安门广场看升旗，每当他看到庄严隆重的升旗仪式，一种自豪感油然而生。同样是这面国旗，他在天安门广场升了整整26年。

最难忘的是第一次升旗。

1951年9月30日下午，胡其俊正准备下班，股长来了。"老胡，明天是国庆节，你去天安门广场升旗，有不明白的地方问问陈师傅。"股长交代完任务走了，胡其俊既激动又不安。按说，升旗并不是一项艰难的任务，可这是一面国旗，是国家的象征，要在万众瞩目中把它升起，要升得及时，升得顺利，要升起中华民族的骄傲和自豪，胡其俊已经感觉到了这面旗帜的分量，要精心再精心，容不得半点差错。

明天升旗的时间是几点？降旗的时间是几点？是电动升旗还是人工升旗？电钮在什么位置？电源出现问题如何处置？这些问题必须弄清。下班了，胡其俊没有回家，专程赶到陈师傅家里请教。

从毛主席在开国大典升起第一面五星红旗之后，天安门广场的升旗任务由陈红年实施，他升了整整两年国旗，由于工作调整，接任他的升旗手是本单位职工胡其俊。他们同属北京市邮电局职工，每逢节假日或天安门广场有活动，担负天安门城楼的装饰和广场的照明任务，升旗是"业余"，是上班前下班后的任务。

从陈师傅家里请教出来，已是星星点灯照亮家门的夜晚，胡其俊来到天安门广场的国旗杆下，反反复复地练了十多遍，虽然是"业余"工作，可他知道这是一项神圣的政治任务。那一晚，他翻来覆去睡不着，不停地爬起来看钟点，生怕耽误了升旗。那年月，家里没有闹钟，只有一口老座钟。妻子见他魂不守舍，知道他的心思，劝慰说："你忙活整整一天了，要好好休息，我替你老爷爷值更，保证误不了你升旗。"26年，妻子为他值了多少次更他说不清楚，能说清楚的是26年他没有误过一次升降旗。

"那时升国旗，没有现在这样隆重的升旗仪式，也没有这么准确的升旗时间，晴天，望着太阳出升旗，看着太阳落降旗，阴雨天，天亮了升旗，天黑了降旗。那时，北京还没有今天这么多高大的建筑物，广场东面的历史博物馆还没有建，站在国旗杆下，能望见太阳从地平线上升起。太阳升起来了，我就把国旗升起来，升好国旗后，然后赶到单位去上班，下班后，再赶到天安门广场把国旗降下来，当年升国旗不是每天升，而是在重大节日和重大活动时升，重大节日我心里有数，重大活动靠上级通知。我家住右安门，每次升旗骑自行车，有一年春节北京下大雪，自行车骑不动了，为了不误升旗，我凌晨3点起床，冰雪路滑，一路上摔了十多个跟头。"回忆当年升旗时的情景，胡其俊记忆犹新。

（节选自《报告文学》2007年第11期）

国徽的故事

◎ 高多祥　宋春元

　　记得小时候，父亲常常拿着一枚硬币，指着背面的图案问我："可欣，你知道这钱背后的图案是什么吗？"我回答说："知道，是国徽。"接着，他又会问："你知道这国徽是谁造的吗？"我摇摇头："不知道。"

　　这是我们父女间重复了几十年的故事。其实，我早知道，国徽是父亲和沈阳的工人叔叔造的，他还不止一次遗憾地说，可惜国徽还没有造好，他就奉命调离了那个地方，以后就再也没能回到那座城市。

　　父亲走了，在他生命弥留之际，他曾一再地恳求我一定要替他看一看国徽，看一看那些50年前一起铸造国徽的战友们。说这话时，他把他眼中的最后一抹晚霞留给了这个世界。

　　父亲走了，他走得并不坦然，他是带着对共和国国徽的眷恋离开这个世界的。为了父亲那临终时的遗愿，为了那生命的最后一抹晚霞，我曾经去寻找。

　　这是一位老人，这是一位已经85岁的老人。他每天都在这广场上默默地坐着，头向上微微地抬着，似乎在他的前方就是天安门，而城楼的门楣上就悬挂着他亲手铸造的那枚国徽。他就是焦百顺，一位干了一辈子铸造工作的普通工人。50年前新中国的第一枚国徽，就是经他的手浇铸而成的。

　　"那是49年前的秋天，经霜后的共和国到处是火红火红的。那天下午，厂领导悄悄告诉俺，厂里决定让俺带一些人，为咱们共和国制造一枚国徽。开始俺还有顾虑，怕完成不好这个任务，可后来一想，俺不干，谁干？解放前，俺逃荒要饭来到沈阳，是共产党、新中国把俺从苦海里救了出来，俺不是在党旗下宣过誓吗？俺咋能不听党的话呢？那段日子，俺一辈子也忘不了，直到今天，只要闭上眼睛，那炉火、那铝花还在。"

　　今天，当我真正面对这已尘封了半个世纪的机器，面对这些半个世纪前在这个地方工作过的人们，我才完全理解了父亲的全部情感，读懂了父亲留在世界上的那最后一抹晚霞。

　　望着眼前这位正在走向生命尽头的老人，仿佛父亲生命中最后的

■ 人民大会堂

祈盼，又重现在眼前。我不敢想象以后还有几回这样的时刻，我不想让所有的人都留有与父亲同样的遗憾。

今秋，枫叶正红的时候，我不容争辩地带着已步履蹒跚的焦叔叔，来到了北京，来到了天安门。

这是一位老人，这是一位已经85岁的老人，他仿佛在这儿已经默默地坐了一辈子了，他的目光始终朝着天安门城楼的方向。"瞧，它多么庄严，不管是谁，不管在啥地方，只要看上它一眼都会肃然起敬。50年了，晨晖夕阳，它还是那么鲜艳，那么神圣。"

站在50年前，曾令整个世界为之震动的广场上，想着父辈们曾奋斗过一生的那片热土，那一束束流火，曾经熔铸过共和国赤子的全部炽热真情，那迸溅的钢花、铝花曾经浇铸过共和国不屈的灵魂。这些铸造者们，大部分一生平平淡淡，然而，他们因此而自豪，因此而永恒，他们的历史应该当之无愧地写进共和国的档案中。

（选自"2003年第六届全国电视诗歌散文展播作品"，央视国际网站）

祖国，我回来了

◎ 未 央

车过鸭绿江，
好像飞一样。
祖国，我回来了，
祖国，我的亲娘！
我看见你正在
向你远离膝下的儿子招手。

车过鸭绿江，
好像飞一样；
但还是不够快呀！
我的车呀！
你为什么这么慢？
一点也不懂得儿女的心肠！

车过鸭绿江，
江东江西不一样，
不是两岸的

土地不一样肥沃秀丽，
不是两岸的
人民不一样勤劳善良。
我是说：
江东岸——
鲜血浴着弹片；
江西岸——
密密层层秫秸堆，
家家户户谷满仓。

我是说：
江东岸的人民，
白天住着黑夜一样的地下室；
江西岸的市街，
夜晚像白天一样亮堂！
祖国呀，
一提到江东岸，

■ 鸭绿江断桥

断桥遗址

公元一九五〇年十一月八日至十一月十四日，美国空军多次派出数百架B-29型轰炸机对鸭绿江大桥狂轰滥炸，大桥被拦腰炸断，成为抗美援朝战争的历史见证。

我的心又回到了朝鲜前方。

车过鸭绿江，
同车的人对我讲：
"好好儿看看祖国吧，同志！
看一看这些新修的工厂。"

一九五三年
是我们五年计划的头一个春
天——
春天是竹笋拔尖的季节，
我们工厂的烟囱
要像春天的竹笋一样！

老人们都说：
孩儿不离娘，
祖国呀，
在前线
我真想念你！

但我记住一支苏维埃的歌：
"假如母亲问我去哪里，
去做什么事情，
我说，我要为祖国而战斗，
保卫你呀，亲爱的母亲！……"
在坑道里，
我哼着它，
就像回到了你的身旁，
在作战中，
我哼着它，
就勇敢无双！
车过鸭绿江，
好像飞一样。
祖国，我回来了，
祖国，我的亲娘！
但当我的欢喜的眼泪
滴在你怀里的时候，
我的心儿
却又飞到了朝鲜前方！

（选自《祖国，我回来了》，湖北人民出版社1978年版）

祖国，我回来了

地 质 之 光

◎ 徐 迟

五

1950年5月6日，李四光到了北京。这年他60岁。新的生活开始了。

他们住在北京饭店四楼。推开西窗，便是金光灿灿的天安门城楼。延绵的燕山褶皱带作了首都的苍翠的屏障。南窗之外，可以望见正阳门和崇文门的城楼和古老城墙上升起的天坛圆顶。北京太可爱了！开国之初，生机蓬勃。虽然百废待兴，已经是万紫千红的局面。各种印象，新鲜而又庄严，使他目不暇接，驰魂夺魄。许多老友闻讯赶来，叙旧话新。

第二天的下午4时。他真正没有想到，他简直认为这不可能，周恩来总理亲自来看望他们了。总理满面笑容，英姿勃勃，目光炯炯地大踏步走进房间来，紧紧地握住了他的手。一股暖流遍布了他的全身，他还不相信这是真的。但是总理抓住他的手不放。总理又环顾室内，和许多在座的老同志点头招呼，谈笑风生：

你到底回来了，这里竟还有人说你不会回来了。我说你是一定会回来的。你一定是遇到了什么困难。果然。那些情况我都已经知道了。你看，是我，提名要你当全国政协委员的，不想这给你添了许多

48

麻烦了。好呵，你不是回来了吗？

说到这里，他才放开了紧握不放的李四光的手。在座的一些同志便一个个告辞，退出了房间，知道他们要倾心长谈了。

总理问道，我记得你有心绞痛不是？在国外发过吗？肺结核！治好了吗？不要紧嘛，我们现在有了我们自己的、最好的医院了。你索性去住院检查一次。这一件事是要给你安排一下的。检查结果和治疗方案我是要过目的。淑彬的病也要彻底治好。

总理问寒问暖，悉心关怀。他们谈话中不时爆发出大声的笑，使邻室的人听了也受感染。李四光这一生中还从来没有过一次这样舒畅和快乐的谈话。他们回忆了重庆时代。他们曾有过两次秘密的会见。他们谈到李约瑟，他是最佩服李四光的。在李约瑟后来写的五百万言巨著卷三的扉页上，写有给李四光的献词。他们谈到了丘吉尔、萧伯纳和约里奥·居里，许多欧洲人士，无所不谈。甚至还回忆到早年留学日本的情况。总理的记忆力惊人，竟还留有他当年的印象，毫厘不爽。总理记得李四光早年是在日本学过造船工业的。总理说到前不久，地质学家积极地要求召开地质工作会议。我没有批准这件事，因为你还没有回来。我说要等你回来了再开。现在你已经回来了，就可以请你参加筹备并且主持这个会了。地质工作必须先行，走在其他工业的头里。不过地质人员也还有一个自我改造的问题。也还有一个整顿队伍的问题。也还有一个大发展的问题，旧中国留给我们的地质人员太少了。能不能就来成立一个地质部呢？看来还成立不起来，人手太少。可不可以先成立一个地质工作指导委员会，请你先当一段时间的主任，往后再任命你担当地质部部长。你同意吗？你看好不好？你有什么意见请告诉我。我可是给你留下了好几个位置。将来我们还要成立原子能委员会呢。你要给我找矿。你会给我们找到油和铀的……

谈话逐渐地严肃起来了。转到了地质力学方面。总理仔细地听取了他的理论要点。东西纬向复杂构造带、南北经向构造带，同新华夏构造体系、河西系、西藏大高原，如何地相互影响和结合，基础理论科学应当如何地应用于生产技术上，矿产资源怎样勘探和开发，等等。

总理听完了他的描述以后，也就讲起来了。

李四光对许淑彬说：万万没有想到，总理还来看望我们。更没有想到，总理懂得地质，很精通！哎，他分析得多么深刻、透彻！怎么他会懂地质的呢？又怎么懂得这么多？你想，我们是这许多年的摸索，摸索着接近我们的目的。可是总理一眼就看清楚了地质力学的终极目的了，这是怎么的呢？

六

1951年12月30日，中国地质学会举行成立30周年的大会。理事长李四光做了《中国地质工作者在科学战线上作了一些什么》的报告，那天天气很冷，漫天大雪。但会场上热气腾腾。李四光总结了我国地质界的30年经验和教训。他尖锐地批判了外国帝国主义的地质学者和中国买办式的知识分子，最后庄严地指出：

地质学本来是西欧和北美发展出来的一门科学。可是，西欧、北美是两块屡受张力作用而支离破碎的区域。那是不能够作为构造地质的基本事实的。

在我们伟大的祖国，这个困难并不存在。亚洲大陆的地质构造，从来是统一的。主要的部分，完整、清楚。

那么，是用我们自己这里发现的事实为基础来探求地质构造的规律，比较地更靠得住呢，还是用西欧、北美那种破烂局面，来作基础靠得住呢？

我们要在自己的基础上，用我们自己的方法，解决我们自己的问题。

李四光在那个飞雪的冬天里，在那天的会上，明确地提出了中国地质学要走自己的道路的思想。

李四光这一年多以来，勤恳地学习了马列主义和毛泽东思想。多次和周总理会见，亲受总理的启发教育。虽然他没有进过华北革命大学，这北京就是一座革命大学。30多年地质方面的切身经验，受到过西欧、北美地质学家的欺骗和欺侮，使他不能不得出这样的结论。现在伟大的经济建设工作即将开始，而地质工作必须走在前面。任务非常具体地提到日程上。多种要求十分紧迫地提到他面前来。

飞雪过去，春天来临。雪融冰消的1953年的一天，毛主席在中南海的一座客厅里接见了李四光。接见时，周总理在座。海水溢浪，映上晴窗。

谈话中间，毛主席关切地问到他，我国天然石油的远景怎么样？

李四光早在1932年就注意了这个问题。在1933年的《东亚构造格架》一文中，他已作出回答。因此，他用乐观的，十分肯定的语气答复毛主席的垂询。

那是怎样的一个回答！多好的一个回答呵！李四光说，整个新华夏体系就是一个巨大宏伟的"多"字形构造体系。它是在一定的范围内，两个对面的部分发生对扭的结果。新华夏体系有三条隆起带和三条沉降带互相间隔着。它们从北北东的方向，走向南南西。隆起带的群岛和山脉，以及沉降带里的浅海海域、平原盆地，全都排列得整整齐齐，像在天空中飞行而过的大雁，排列成一系列的"多"字形状。在其山脉和群岛上，蕴藏着多种矿藏。在其浅海、平原、盆地——这就说到石油的题目上来了——蕴藏着极其丰富的天然石油和天然气。

李四光向毛主席汇报，在我国，第三沉降带的呼伦贝尔——巴音和硕盆地、陕北——鄂尔多斯盆地、四川盆地；第二沉降带的松辽平原、包括渤海湾在内的华北大平原、江汉平原和北部湾；尤其是第一沉降带的黄海、东海和南海，都有"有经济价值的沉积物"。这句话，因为过去是在外国讲的，所以故意说得含糊些，其实，它们就是说的天然石油和天然气，说的生油区。而"多"字形构造的对扭性质，使它们有条件成为雁行排列的良好储油构造。

李四光这样回答了毛主席提出的问题：

仅就新华夏体系而言，仅就石油而言，且不说其他的构造体系和其他的资源，新华夏体系的沉降带，既生油，又储油。这就可以说明我国天然石油远景辉煌。我们地下的石油储量确是很大的。希望很大！

听到这里，周总理笑着说：我们的地质部长很乐观。我很拥护你。

毛主席也笑了。他用柔和的眼睛看着他说，我们拥护你。这时，中南海上，轻尘不飞，勤政殿前，嫩萝不动。毛主席作了关于地质和石油的一系列指示，李四光听了心潮澎湃。

毛主席和周总理当然知道，这些话是就我国石油的远景而言的。他们要知道的就是远景问题。远景问题明确了，可以下决心，定计划，集中优势兵力来打大的歼灭战。

真的，李四光用他的学识、他的智慧，为我国描绘了多么美丽的石油、煤炭、金属、非金属、稀有分散元素等矿产资源的远景啊！

1952年，地质部成立了。根据苏联专家的意见，石油普查队伍集中到西北的甘肃、新疆和青海。而且，还没有很好普查，苏联专家就总结出来了一个"中国贫油"论，和帝国主义国家的地质学家唱一个腔调。

1954年，地质部在李部长主持下重新组织队伍，要在全国范围内展开战略性的石油普查勘探。主要力量，则部署在新华夏系第二沉降带的松辽平原和华北平原上。1955年，普查队伍出动。一队队的侦察兵走上前沿阵地。地球物理勘探队伍也上了阵。寻找油区的地质队在松辽平原和华北平原上放炮。他们在艰苦情况下展开了大量工作。到1958年6月26日，《人民日报》发表了新华社记者的通

■ 大庆油田

讯：《松辽平原有石油！》报道大庆长垣构造初步发现了厚达几十米的油砂层。

1960年，中央批准石油部在大庆会战。地质部立即把在松辽平原上已经完成了侦察兵任务的队伍转移到渤海湾和黄河下游的冲积平原上去了。在60年代里，华北大平原上捷报频传。以后大港油田、胜利油田，其他油田相继建成。地质部又转移到其他的平原，其他的盆地和浅海海域上继续侦察。

1969年，在他的办公室里举行的一次会议上，80高龄的李四光说：当初毛主席曾经指示我们，地质部是地下情况侦察部。在整个工业战线上，地质部的任务是侦察。在石油战线上，主力军是石油部。石油部的贡献很大。我们当时对石油远景是有一个设想的。我们从事了侦察工作。我们在松辽侦察到大庆长垣以后，我们交出松辽，就转移阵地，到了华北和其他地区。以后华北出油，渤海出油，我们又转移到其他的油区。其他的油区都出了油。我们冲破了苏联地质学家那种形而上学的中国贫油的谬论。我们是开路的先锋。今天，我国天然石油和天然气的远景已完全肯定了。咱们的工人有力量。石油工人已经，并将进一步给我们证明，新华夏构造体系的石油储量确实很大。宋朝的大科学家沈括，在《梦溪笔谈》中写着，中国的石油将"大兴于世界"。虽然他说的其实只是要肤施油墨来代替黄山松墨而已，但他说了这个很好的预言。经过800多年，我们给他证明了。今天的科学预言，我们的共产主义事业就不用这么长的时间了吧。说到这里，白发苍苍的李四光眯着眼睛，笑了一笑，轻轻拨动他桌上的一个地球仪，一下子使小小寰球急速地旋转了起来。

我爱你，中国

（节选自《人民文学》1977年第10期）

第一炉光学玻璃的诞生

◎ 王大珩

1953年1月23日，中国科学院仪器馆在长春正式成立。中科院院长会议决定，由我担任仪器馆副馆长，并代理馆长职务主持仪器馆工作。

筹建仪器馆，我想到的第一个人就是龚祖同。

当初，我刚刚回国的时候，龚祖同曾真诚地邀请我去他那里共同研制光学玻璃。虽然由于客观情况不允许而失去了这种可能，但那一次与龚祖同的短暂接触，却给我留下了极深刻的印象。

龚祖同长我整整10岁，我入清华物理系的那一年，龚祖同已经是清华物理系的研究生了。研究生毕业后他又去德国留学了4年，在柏林工业大学攻读应用光学专业。1938年龚祖同回国。从那时候起，他就一直为发展中国的光学事业，为研制光学玻璃而四处奔波。但是，他从昆明到贵阳，从秦皇岛到上海，整整奔波了10多年，吃了无数的苦，碰了无数的壁，最终却一事无成。

我很理解龚祖同。我看出龚祖同是一个对国家、对事业有着极强的责任心的人，是一个与我有着共同的追求、能够踏踏实实做点事的人。所以，筹建仪器馆后，我立刻给龚祖同写了一封邀请信，诚心诚意地恳请龚祖同前来担任仪器馆光学玻璃实验室的主任。我在信中还

■ 清华园

承诺要为龚祖同提供研制光学玻璃的一切必要条件。我相信,只要有了能搞光学玻璃这一条,龚祖同就一定会来的。

龚祖同果然欣然应允,立刻举家北迁,前来相见。

这是我们相识后的第二次见面,距第一次见面仅仅只有3年的时间,真没想到,才过了3年,眼前的一切就已经发生了巨大的变化。3年前是龚祖同邀请我,而这一次则是我邀请龚祖同了。3年前,龚祖同邀请我的时候中国还在国民党的统治下呻吟,中华大地烽烟四起,生灵涂炭;而3年后的今天,祖国已是处处莺歌燕舞,一派社会主义建设的蓬勃景象了。相见之后,我们两人心中不禁感慨万千。

我立刻任命龚祖同为光学玻璃实验室主任,并郑重地把自己最看重的研制光学玻璃的工作交给了龚祖同,同时交给龚祖同的还有我积

累了十几年的经验和我在英国研究出来的光学玻璃配方。龚祖同十分激动。

也许有人会问，我为什么要这样做。我为了光学玻璃，已经追求了许多年，牺牲了许多唾手可得的个人利益，作了许多的学术准备，但我为什么要在条件成熟、机会来临的时候，把自己积累的宝贵经验交出来，把一个难得的机会让给别人？难道我就不想出成果，不想亲手研制出光学玻璃，了却自己心中多年的夙愿吗？

说老实话，我何尝不想！这显然是一件谁做谁出成果，谁做谁出名的事。哪一个科学家不希望从自己的手中出成果？哪一个科学家不希望亲手填补国家的空白？哪一个生活在现实中的人不希望获得更多的荣誉？我也是凡人，我既有作为科学家的对科研工作的痴迷和热爱，也有作为凡人的对荣誉的追求和崇拜。那么，究竟是什么促使我这样做的呢？

是责任！责任，是可以使一个人在瞬间完成某种转变的巨大砝码。当我接下仪器馆的工作，开始用中国科学院仪器馆馆长的眼光看问题的时候，当我意识到发展中国光学事业、精密仪器事业的重担已经压在我的肩头的时候，我就已不再是昨天的我了。这时的我心里已经容不下丝毫杂念了，我只剩下了一个念头：尽快搞出中国自己的光学玻璃来！

龚祖同果然没有辜负我的信任，他立刻以极大的热情全身心地投入到工作之中去。在最初那些艰苦的日子里，龚祖同一边风餐露宿同大家一起艰苦创业，一边亲自动手设计出了玻璃炉和光学玻璃的后处理设备。我无条件地支持龚祖同，和龚祖同一起带领大家，就着铁北的那个大烟囱，一砖一瓦地砌起了第一个玻璃炉，盖起了一座玻璃熔制厂房。有了这些基本的条件，龚祖同很快就把光学玻璃的研制工作开展起来了。

中国科学史永远地记录下了这个日子：

1953年12月，中国科学院仪器馆熔炼出我国的第一炉光学玻璃。中国第一炉光学玻璃的诞生结束了我国没有光学玻璃的历史，为新中国光学事业的发展奠定了基础。

在中国第一炉光学玻璃的后面永远地留下了龚祖同的名字。我对此没有遗憾，没有私念，只有对学长龚祖同的真诚祝贺和感激。

（节选自《2001中国年度最佳报告文学》，漓江出版社2002年版）

容国团与西多的决战

◎ 吕　程　王增光

1　日　西德赛场

剪接纪录片：容国团与西多的决战场面。

旁白："决定命运的时刻到了。也许此刻的容国团想得很多，很远；也许，此刻他什么也来不及多想，只把十多年来的艰辛，追求，信心与力量全部汇集到了这小小的球拍之上，为着心爱的祖国，为着心爱的事业，为着心中的那个光辉的目标，为着多少代中国人梦寐以求的那份光荣与骄傲，迸发出了他的全部智慧的光芒，进行着与对手，与命运的艰苦卓绝的较量……"

2　夜　收音机前

收音机前激动万分的听众，听众……

3　日　西德赛场

容国团在发球之前，把球在地下拍了几下，他异常镇静地发出右侧旋球。

西多以快速推挡反击。容国团看准机会，起板扣杀，球在西多左角擦边，西多束手无策。

裁判员："15比8。"

记分牌上在CHINA（中国）名下记上了"15"分字样。

■ 1959年，容国团为中国赢得首座世界冠军奖杯

匈牙利教练面授机宜：

"你的凶狠、攻杀哪里去了？要攻，狠攻！"

西多点了点头，面目严峻。

西多看准容国团的来球，狠杀一板，不幸将球打出界外，观众一阵哄笑。

西多又杀几板，都被容国团挡回，他又一次攻球失误，记分牌上已是：17比10。

匈牙利教练坐立不安。

西多的心声画外音："不行，不能再用硬攻了。今天运气不好，我是攻不准了。"

容国团见西多消极防守了，他果断地起板扣杀成功。观众又鼓起掌来。

容国团的心声："你不敢攻了，好。我来攻你！"

他一板一板灵活而凶猛。

场上已打到20比14，容国团领先6分。

中国队的教练及选手们坐不住了，都瞪大眼睛站起来，注视着球台。他们都屏住呼吸，关键时刻，赢家比输家更紧张。

4　夜　贺龙居室

贺老总举着茶杯的手停在空中。

广播："各位观众，各位观众，现在中国选手容国团已经以20比14领先，只差一分，只差一分了……"

收音机里传来清晰的乒乓球击打的声音。

5　夜　体委会议室

庄则栋、李富荣随着乒乓球的声音，下意识地做着挥拍击球动作。

6　夜　纱厂细纱车间

细纱挡车女工关掉机器在听半导体收音机。

腰间背着三大件（扳手、钳子、螺丝刀）的工段长走过来，示意开车，女工指指半导体，嘘了一声，工段长也被半导体发出的乒乓球击打声吸引住了。

车间主任走来，见状，发起牢骚："不像话，开车！"

女工一挥手，示意车间主任不要作声。

车间主任也知趣儿地围过来，伸脖子细听……

7　夜　兵营

部队俱乐部，解放军官兵有秩序、有组织、有纪律地坐在那里听广播，听乒乓球声。

8　夜　北京大学

北大未名湖畔，围坐着一群北大学生，都在聚精会神地收听西德赛场的消息。

突然，广播中传出了激动得有些沙哑的声音：

"好球！好球！容国团一记猛烈的扣杀，西多措手不及，21比14，中国选手容国团获得了乒乓球男子单打世界冠军！"

北大学生欢呼起来，跳跃起来，疯狂起来。

"容国团！"

"世界冠军！"

"中国得世界冠军了！"

一男生，挥着指挥棒，即兴创作了激昂而优美的歌曲，《一路怪仙容国团》：

一路怪仙容国团，
雄霸乒坛万民欢；
生在人杰地灵处，
珠江珠海是摇篮。
……

人生能有几回搏，
鼓舞世代青少年；
小球推动大球转，
一路怪仙容国团……

9 日 西德赛场

歌声中，观众海潮般欢呼起来。祝贺中国队首次获得世界冠军。

西多与容国团握手，祝贺他夺冠。

徐寅生、庄家富、李文苏等跑上前去，抱住容国团，全体队员激动得抱头痛哭起来。

陈先、张钧汉抱头痛哭。

张钧汉勉励陈先："不要太激动，保重身体！"

陈先一指张钧汉的眼睛："你呢……"

两人又拥抱，又哭，激动得不可名状。

匈牙利座席中抱着鲜花的金发女郎，默默地把怀中的鲜花丢在座席上，低下头去。

全场观众起立，经久不息的掌声，似山呼海啸。容国团举着花束向观众招手致意。

10　澳门赌场

买西多赌票的赌徒们，垂头丧气地蹲在那里发呆。

"唉，谁曾想中国人还会赢，还会拿世界冠军！"

"赌票，见鬼去吧！"

人们纷纷撕碎赌票，像仙女散花，碎纸片撒满天空……

11　夜　北京天安门广场

天安门广场礼花开放，像孔雀开屏一样绚丽璀璨……

华灯齐明，大放异彩。

歌声继续：

一路怪仙容国团，

雄霸乒坛万民欢……

街上，响起了锣鼓，一队青年打着横额大标语，上写：
"热烈庆祝中国夺得第一个体育世界冠军！"

12　夜　贺龙居室

贺龙元帅一仰脖，喝下一杯茶，感慨地："阿团这毛头小子，好样的！"

他神采奕奕地点燃了烟袋锅，吐出一缕浓云……

13　夜　体委礼堂

庄则栋愣愣地看着李富荣，李富荣也激动地看着庄则栋，突然他们拥抱在一起，又叫又跳："噢，中国得第一个世界冠军！"

14　夜　街道

工人们、职员们、教师们、学生们，千千万万的居民在收音机前跳起来。欢呼起来，唱起炽热、激越的歌：

一路怪仙容国团，

雄霸乒坛万人欢；

……

15　夜　广州沿江路

各式各样的船只，海鲜舫，渔火点点，灯火通明。船工们、渔民们欢呼雀跃，唱着炽热、激越的歌：

生在人杰地灵处，

珠江珠海是摇篮。

……

16　夜　海外华侨

海外华侨、华裔在收音机旁，激动得手舞足蹈：

"西方不亮，东方亮！"

"这是龙的辉煌！"

……

17　日　西德赛场

容国团登上高高的领奖台。

国际乒联主席蒙塔古先生为容国团颁奖。容国团双手捧起男子单打世界冠军圣·勃莱德奖杯。女青年献上五颜六色的鲜花。

容国团高高举起奖杯和鲜花，全场掌声雷动。（拍照）

容国团向西多致意、握手。

拍照。

容国团又向站在第三名台阶上的日本选手荻村伊智郎和美国选手希尔斯顿致意、握手。

拍照。

容国团向荻村说："荻村先生，两年前，在香港，你曾经说要在菲律宾马尼拉等着我，可惜，那届亚乒赛，我没能参加……"

荻村："今天，在这多特蒙德终于等到了你。"

容国团："可惜，我们这次没能交手。"

荻村："可是，已经分出了胜负，你是世界冠军，我是第三名。我祝贺你，新中国了不起！"

庄严、肃穆的比赛大厅，响起雄壮、激昂的中国国歌。

中国国歌声中，中国国旗冉冉升起……

容国团全神注视着国旗，严肃、自豪、骄傲、热泪盈眶……

全场观众注视着中国国旗升起。

中国队的队员们注视着国旗，情绪激动，邱钟惠、孙梅英，流出眼泪，用手去擦……

徐寅生、王传耀等泪在眼眶里打转……

中国国歌声中，贺老总在收音机前，表情严肃而自豪。

容国团向观众举起奖杯和花束，全场报以热烈掌声。

18 日 西德球场前

一大群记者围住容国团。

"请问容先生，你成功的诀窍在哪里？"

"容先生，你与西多比赛，当时都想了些什么？"

那位把中国队当成日本队的记者，也抢着发问："容先生，你是在香港长大的，你是否接受了欧洲式的基本功训练？"

容国团看着他，郑重地："你说错了，我的正规训练是回大陆以后才开始的。"

记者："那么谈谈你此刻的心情，好吗？"

容国团："我的心情很高兴！"

记者："当然，你得了冠军嘛。"

"不！"容国团说，"有得有失，我失掉了一顶帽子……"

众记者不解地互相看着，猜测着：

"帽子，什么帽子……"

容国团："一顶扣在中国人头上几千年的'东亚病夫'的帽子。"

"噢，东亚病夫的帽子丢进太平洋了！"众记者如梦方醒。

19 夜 宴会厅

德国体育界宴请本届参赛的运动员、教练员。

国际乒联主席蒙塔古先生举杯：

"……下一届，中国领队陈先阁下，由于中国运动员的出色表演，中国队技术水准的飞速提高，我将建议第二十六届世界乒乓球锦标赛，在中国首都北京举行！"

中国队全体人员热烈鼓掌。

陈先："感谢联邦德国政府和国际乒联主席蒙塔古先生的热情款待，感谢国际乒联主席蒙塔古先生美好的语言，感谢国际乒联主席蒙塔古先生友好的建议，我们中国，我们北京市一定会办好下一届乒坛盛会！欢迎五大洲的朋友，光临北京。"

（节选自《容国团》，中国文联出版公司1994年版）

于敏：“愿将一生献宏谋”

◎ 沈黎明

20世纪60年代，当我国第一颗原子弹还在研制中，氢弹研制已然启幕。因为氢弹是利用原子弹爆炸的能量点燃氘、氚等轻核的自持聚变反应，瞬间释放巨大能量，其威力要比原子弹大得多。提前研究，就可以在原子弹研制成功后，快速研制出氢弹。

20世纪60年代一个冬日，雪后的北京，银装素裹。

正在中科院近代物理研究所忙碌的于敏，突然接到时任主管原子能工业的“二机部”副部长钱三强办公室通知，钱三强要找他谈话。于敏立即放下手头工作来到钱三强办公室，简单寒暄几句后，钱三强神情严肃：“我国要开始氢弹研制，经组织研究，上级批准，决定成立一个科研小组，由你任副组长，领导并参与氢弹原理研究，今天想听听你的意见！”钱三强的话让于敏有些意外，他心里清楚，自己一直从事原子核基础理论研究，而且已经取得一定成绩，此时转向氢弹研究，等于放弃自己专业领域，一切从头开始。同时他也清楚，氢弹这类核武器研究，不仅任务艰巨，集体性强，还需要严格保密，长年隐姓埋名在外奔波，非常辛苦。他更清楚国家的需要，于是毫不犹疑地表了态：“我服从组织安排，一定尽全力完成好任务！”就这样，年轻的于敏踏上了氢弹研制之路。在钱三强、王淦昌、彭桓武的领导下，以于敏等为主建立起了新中国第一个核科学技术研究基地，悄悄开始了氢弹技术理论研究。

研究工作几乎由零开始。

当时我国面临西方国家的重重封锁，能查到的国外资料很少，国内也很少有人熟悉原子能理论，于敏知道，唯一的办法只有靠自己努力，在艰难中不断探索。研究工作需要大量极为复杂的计算，而当时我国只有一台每秒万次的电子管计算机，且95％时间安排给原子弹研制的计算。面对这种现状，于敏急中生智，想了个"土"办法，带领全组成员，每人手拿一把计算尺人工计算。他每天废寝忘食地工作，一干就是十几个小时，常常大家下班了，他还在忙碌，同事们看他太累，劝他注意身体，可他总是微笑着回答："为了国家需要，我个人累点没关系！"

于敏曾经的领导、我国"两弹一星"功勋彭桓武院士生前回忆说："于敏研究氢弹完全是靠自己，他没有老师，因为国内当时没有人熟悉原子核理论，他的工作是开创性的。"

1964年10月16日，我国第一颗原子弹爆炸成功，全世界为之轰动。两个多月后，毛泽东主席听取国家计委有关问题汇报时提出：我们有了原子弹，氢弹也要快。此后周恩来总理代表党中央、国务院下达指示：氢弹的理论研究要放在核研究首位。

国家领导人的高度重视，为氢弹研究增加了动力，创造了条件。

于敏带领一支小分队赶往上海华东计算机研究所，抓紧设计了一批模型。但这种模型重量大、威力比低、聚变比低，不符合要求。于敏带领科技人员总结经验，随即又设计一批模型，他当即给北京的邓稼先打了一个耐人寻味的电话。

为了保密，于敏使用的是只有他们才能听懂的暗语，暗指氢弹

我爱你，中国

理论研究有了突破，于敏说："我们几个人去打了一次猎，打上了一只松鼠。"邓稼先听出是好消息，问道："你们美美地吃了一餐野味？""不，现在还不能把它煮熟，要留做标本，我们有新奇的发现，它身体结构特别，需要做进一步的解剖研究，可是我们人手不够。""好，我立即赶到你那里去。"

他们利用那台每秒万次的计算机开始攻坚。当时计算机性能不是很稳定，使用时间又很宝贵，于敏便每天泡在计算机房里，一摞摞计算数据出来后，他伏案、有时甚至趴在地上认真查看，分析不完，就带回宿舍稍事休息，继续琢磨。

从0到9，这10个阿拉伯数字在很多人眼里是十分枯燥的，但在于敏眼里却像战场上奔腾的千军万马，他夜以继日地在浩如烟海的数字中计算、推演，寻找最佳方案，每天工作都在12个小时以上。很多时候，别人从计算结果中看不出来的东西，经他抽丝剥茧一分析，就成了活知识。最后几经努力，于敏终于发现了热核材料自持燃烧的关键，解决了氢弹原理方面的重要课题，带领团队形成了从原理、材料到构型完整的氢弹物理设计方案。

这份方案，最终被确定为中国氢弹研究的主攻方案。此后，中国氢弹研究势如破竹，进入了发展的快车道。

一份份浸满智慧与心血的研究报告相继出炉，一个又一个未知领域被攻克，经过多年努力，于敏和他带领的科研人员们对氢弹原理有了一定的认知，为成功研制氢弹奠定了坚实基础。1967年6月17日8时，大西北罗布泊，一架载有氢弹的飞机进入预定空投区。随着指挥员一声铿锵有力的"起爆"命令，机舱打开，一颗氢弹带着降落伞跃出飞机急速下落。弹体降到距地面2 900多米时，一声震耳欲聋的巨响过后，湛蓝的天空上腾起一团熊熊燃烧的大火球。红色烟尘急剧翻卷着，越来越大，越来越红。渐渐地火球上方出现了草帽状云团，与地面卷起的尘柱汇合在一起，形成了一团巨大的蘑菇云。强烈的光辐射，将设在距离爆炸中心投影点400米处的钢板融化、700米处的轻型坦克完全破坏、近3公里处的一辆重约54吨的火车推出18米。很快，爆炸当量计算出来——330万吨。

当日，新华社发布《新闻公报》，向全世界庄严宣告：中国的第一颗氢弹在中国西部地区上空爆炸成功！

试验成功的这一刻，于敏并没有在现场，而是在北京守候在电话旁。听到结果，于敏很平静："我这个人不大流泪，也没有彻夜不眠，回去就睡觉了，睡得很踏实。"

从原子弹到氢弹，美国用了7年3个月，英国用了4年3个月，法国用了8年6个月，苏联用了4年3个月，而我国仅用了2年8个月。

丹麦著名核物理学家、诺贝尔奖获得者玻尔访华，与于敏会面时，称赞于敏是"一个出类拔萃的人"，是"中国氢弹之父"。西方通常习惯将科研领域中理论突破上起重大作用的人称为"某某之父"，可于敏对"中国氢弹之父"的称呼却不喜欢，他认为这种称谓不科学，他不无风趣地说："氢弹研制是一项大科学系统，需要诸多学科、各方面力量全面配合才能成功，我只是起了一定作用而已，氢弹总不能有好多个'父亲'吧！"

说起"称呼"，于敏的故事有点多。

1944年，于敏以优异成绩考入北京大学工学院机电系。上学不久后于敏发现，由于学的是工科，老师教学的重点主要放在教学生如何实际操作上，理论知识讲得相对较少。这种状况让于敏有些苦恼，因为自上学起，他一直喜欢理论探寻，高中开始尤其对物理学情有独钟，于是经过一番努力，于敏转到理学院物理系，开始理论物理的学

■ 北京大学校门

习。俗话说"兴趣是最好的老师"，发自内心的喜欢，让于敏在理论学习和研究方面的天赋很快展现出来，赢得老师们的欣赏，成为本专业的佼佼者。读书期间，除了认真学习专业课外，于敏还博览群书，广泛涉猎各方面知识，常常是图书馆里闭馆那一刻最后离开的学生之一，久而久之，同学们送给他一个"老夫子"的雅号。

1957年，以日本理论物理学家朝永振一郎为团长的日本原子核物理领域专家学者访问团来华访问，钱三强安排年轻的于敏参加了接待和学术交流。交流中于敏的专业学识与才华给朝永振一郎这位后来获得诺贝尔物理学奖的日本科学家留下了非常深刻的印象，当他得知于敏从未出国到西方发达国家留学时，十分惊讶。访问结束回日本后，朝永振一郎发表文章对于敏大加赞赏，称他是中国"国产土专家一号"。

71

氢弹爆炸成功后，于敏并没有回到自己感兴趣的基础理论研究领域，而是根据国家需要，继续在中国核武器研制中探索前行。十年动乱结束，国家科技发展迎来春天后，于敏意识到惯性约束聚变在国防上的重要意义，为引起有关方面关注，20世纪80年代，于敏和邓稼先基于对世界核武器科学技术发展趋势的深刻研究和分析，向党中央提出了加速我国核试验的建议。后来事实证明，这项建议对我国核武器发展起了重要作用。1988年，于敏和王淦昌、王大珩院士共同上书中央领导，建议加速发展我国惯性约束聚变研究，并将它列入我国高技术发展计划。

　　几十年来，于敏在科研上成就斐然，他的贡献也得到了国家和社会的认可，1980年他当选为中科院院士；1982年获国家自然科学奖一等奖；1985年、1987年、1989年三次获国家科技进步特等奖；

■ 1999年9月18日，于敏在大会上发言

1987年被评为"全国劳动模范"。1999年，中央军委召开大会，表彰为研制"两弹一星"作出突出贡献的科技专家，他荣获"两弹一星功勋奖章"，成为获此殊荣的23位科学大家之一。2015年1月9日他又一举荣获2014年度"国家最高科学技术奖"，国家主席习近平亲自为他颁发了获奖证书并合影留念。颁奖仪式结束后，面对殊荣，于敏淡定而谦逊："这个奖更应该属于我们的集体，没有同事们，我个人是难以取得今天这样成就的！"

寥寥数语，尽显大家风范。

荣获"国家最高科学技术奖"后，虽然已从科研一线和领导岗位上退下来，于敏仍关注着世界核武器发展的最新动向，他指出：现在的核武器又进入了一个新的时期和新的历史阶段，如果我们丧失了创新能力，就退回到了20世纪50年代，就要受到核讹诈。但我们不能搞核竞赛，不能被一些经济强国拖垮。我们要用符合我国国情的创新方法，保持我们的威慑力。

作为一名物理学家，日常生活中，于敏最大的爱好是读中国历史和古典诗词。从小就熟读了大量的唐诗宋词，最让他喜爱的是杜甫的忧国忧民和岳飞的家国情怀。他教给自己孙子的第一首诗词，就是岳飞的《满江红》。他说，喜欢诗词和搞核物理并不矛盾。学习古典诗词是为了让自己好好说话，搞核物理是为了让别国好好说话。

于敏生前居住的地方至简至朴，房间里有一张床、一张书桌和一台老旧的电视。在这里，他度过了生命中最后的3年时光。在他的书柜里，有几本他为学生亲手整理的手稿，每一页上，一笔一画，工工整整。

就在书桌上，耄耋之年的于敏，自己写了一首七言律诗《抒怀》：

忆昔峥嵘岁月稠，朋辈同心方案求，亲历新旧两时代，愿将一生献宏谋；身为一叶无轻重，众志成城镇贼酋，喜看中华振兴日，百家争鸣竞风流。

此诗是于敏真实情怀的写照。

受命之日，寝不安席，当年吴钩，申城淬火，十月出塞，大器初成。一句嘱托，许下了一生；一声巨响，惊诧了世界；一个名字，荡涤了人心。

2015年1月，89岁的于敏最后一次出现在公众视野里。他坐在轮椅上领取了2014年度国家最高科技奖，自此之后，这位国防科技事业改革发展的重要推动者彻底淡出了公众视线。但他人并没有闲下来，2019年1月16日，就在去世前的两个小时，他仍然在听自己的学生汇报科研工作。

斯人已逝，风范长存！

（选自《中国政协》2019年第10期）

3 祖国山川颂

南水北调工程主要解决我国北方地区，尤其是黄淮海流域的水资源短缺问题，同时，为黄河下游地区补充水量，为提高西北地区水资源承载能力创造条件。

　　南水北调工程是迄今为止世界上规模最大的调水工程，工程横穿长江、淮河、黄河、海河四大流域，涉及十余个省（自治区、直辖市），包含水库、湖泊、运河、河道、大坝、泵站、隧洞、渡槽、暗涵、倒虹吸等水利工程项目，是一个十分复杂的巨型水利工程，其规模及难度国内外均无先例。图为河南省禹州市南水北调中线干渠与颍河交叉口倒虹吸工程。

黄山印象

◎ 晏 明

山的腾飞，
峰的飘荡。

松的遐思，
瀑的狂想。

泉的和弦，
花的意象。

蜜蜂的憧憬，
彩蝶的翅膀。

太阳失踪了，
风，在寻觅太阳。

雨，追逐着瀑布，
满山满谷冲撞。

海在诉说，
云正远航。

神奇的世界，
童话里的梦想……

（选自《故乡的栀子花》，湖北人民出版社1983年版）

■ 黄山

西部太阳

◎ 章德益

哔剥燃烧的西部太阳
汩汩流淌的西部太阳
伐古歌谣为薪的西部太阳
用黄土捏就用血汗揉就用黄河水塑就的西部太阳
古朴浑穆，铸进五千年古铜的光芒

悬于旷野，嵌于山口，运行于恢恢天穹
有时从长城垛口望你
宛如历史充血的瞳孔
一滴
自莽莽大高原膨胀出的鲜红血球
拱生于黄土
像一棵饱含浆汁的金黄色的球茎
一点点骑影，一丛丛树影
仿佛就在这球茎上发芽丛生
沉溺于山野之海
仿佛一只硕大的金色的圆蚌

被群山的烟波反复拍打

默默孕育着一代代精神之珠

庄严地，旋转

五千年如一瞬

一瞬间又包孕着五千年

超越无数代生死的痛苦

旋转为一团燃烧的民族魂

西部太阳

熊熊运行于时空

那原是五千年熔汁般的血水泪水汗水

倾泻进一颗民族心的巨大铸型

而浇铸出的辉煌的渴望

（选自《西部太阳》，上海文艺出版社1986年版）

■ 巴音布鲁克草原

祖国山川颂

◎ 黄药眠

我爱祖国，也爱祖国的大自然的风景。

我不仅爱祖国的山河大地，就是一草一木，一花一石，一砖一瓦，我也感到亲切，感到值得我留恋和爱抚。

且不要去说什么俄罗斯的森林，英吉利的海，芬兰的湖泊，印度尼西亚的岛了。咱们中国自有壮丽伟大的自然图景。

我们有头顶千年积雪的珠穆朗玛峰，有莽苍的黄土高原，有草树蒙密的西双版纳，有一望无际的华北平原，有一泻千里的黄河，有浩浩荡荡的扬子江，有兴安岭的原始森林，有海南岛的椰林碧海，有西北诸省的广阔无垠的青青的牧场，还有说不尽的江湖沼泽……祖国的大地山河哟！哪一个地方不经过劳动者双手的经营，哪一个地方没有流过劳动者的汗，淌过战士们的血？

我爱我们祖国的土地！狂风曾来扫荡过它，冰雹曾来打击过它，霜雪曾来封锁过它，大火曾来烧灼过它，大雨曾来冲刷过它，异族奴隶主的铁骑曾来践踏过它，帝国主义的炮弹曾来轰击过它。不过，尽管受了这些磨难，它还是默默地存在着。一到了春天，它又苏醒过来，满怀信心地展现出盎然的生意和万卉争荣的景象。

这是祖国大地对劳动者的回答，光秃秃的群山穿起了墨绿色的衣

80

袍，冈峦变成了翠绿的堆垛，沟谷变成了辽阔的田园，长满了葱绿的禾苗，沼泽变成明镜般的湖泊，层峦叠嶂表示低头臣服，易怒的江河也表示愿供奔走……

祖国的山对我们总是有情的。我们对它们每唱一首歌，它们都总是作出同样响亮而又热情的回响。

我爱祖国的劳动人民，是他们开辟荒野，种出粮食，挑来河水或井水把我哺育长大。

我怀念我的母亲。她用她的乳汁喂养我，她用大巴掌抚摩我的头。直到今天，我的身上还能感到她怀里的体温。

我爱祖国的文化。有时我朗读中国诗歌中的名句，体会到其中最细微的感情，捉摸到其中耐人寻味的思想，想象到其中优美的图景，感触到其中铿锵的节奏、婉转悠扬的韵律，领略到其中言外的神韵。当我读到得意的时候，就不觉反复吟哦，悠然神往。当它触动到我心

■ 美丽乡村

灵的襞褶的深处时，我就不觉流下了眼泪。

我爱祖国的语言。它的每一个词每一个字，都同我的生活血肉相连，同我的心尖一起跳跃。

从最简单的一句话中，我可以联想到一长串的人物的画廊，联想到一系列的山川、树林、村舍、田野、池塘、湖泊。

我曾经远离祖国几年。那些日子，我对祖国真的说不出有多么的怀念。这怀念是痛苦又是幸福。痛苦，是远离了祖国的同志、祖国的山川风物；幸福，是有这样伟大的祖国供我怀念。

祖国的大自然经常改变它的装束。春天，它穿起了万紫千红的艳装；夏天，它披着青葱轻俏的夏衣；秋天，它穿着金红色的庄严的礼服；冬天，它换上了朴素的雪白长袍。

大自然的季节的变换，促使着新生事物的成长。

这是春天的消息：你瞧！树枝上已微微露出了一些青色，窗子外面开始听得见唧唧的虫鸣了。我知道新的一代的昆虫，正在以我所熟悉的语言庆祝它们新生的快乐。

春天，乘着温湿的微风探首窗前问讯我的健康情况了。"谢谢你，可爱的春天。"我说。

碧油油的春草是多么柔软、茂盛和充满着生机啊！它青青的草色，一直绵延到春天的足迹所能达到的辽远的天涯……

因此，草比花更能引起人们的许多联想和遐想。

繁盛的花木掩着古墓荒坟，绿色的苍苔披覆着残砖废瓦。人世有变迁，而春天则永远在循环不已。

夏天的清晨，农村姑娘赤着脚，踩着草上的晶莹的露珠，走到银色的小溪里满满地汲了一桶水。云雀在天空歌唱，霞光照着她的鲜红的双颊。

这是多么纯朴的劳动者的美啊！

半夜夏凉，我已睡着了。

忽然听见月亮来叩我的窗子，并悄悄地告诉我，你的儿子正在山村的树林里拉手风琴，同农村孩子们一起开儿童节的晚会呢……

秋天，到处是金红的果子，翠锦斑斓的黄叶。但它也使人微微感到，一些树木因生育过多而露出来的倦意。

清秋之夜，天上的羽云像轻纱似的，给微风徐徐地曳过天河，天河中无数微粒似的星光一明一灭。

人间的眼前近景，使人忘记了天空的寥廓啊！

在冰峰雪岭下不也能开出雪莲来么？你看它比荡漾在涟漪的春水上面的睡莲如何？

在花树构成的宫殿里，群蜂在那里发出嗡嗡的声音。我想这是劳动者之歌哟！

暗夜将尽，每一棵树都跷起脚来遥望着东方，企盼着晨曦。果然

■ 九寨沟之秋

不久，红光满面的太阳出来了，它愉快地抱吻着每一个树梢，发出金色的笑。

黄昏蹒跚在苍茫的原野里。最后看见他好像醉汉似的颓然倒下，消失在黑夜里了。明早起来一看，他早已无影无踪，只看见万丈红霞捧出了初升的太阳。

有人感到秋虫的鸣响送来了暮色的苍凉，有人感到黄鹂的歌唱增添了春天的快乐。

对自然界的景色和音响，人们往往因所处的地位和境遇不同而有不同的反应。

你也许曾经在花下看见细碎的日影弄姿，你也许曾经在林阴道旁看见图案般的玲珑树影，不过，你最好到森林深处去看朝阳射进来时的光之万箭的奇景。

生平到过不少有名的风景区，但在我的脑子里印象最深的还是我家乡门前的小溪。春天，春水涨满，桥的两孔像是一对微笑的眼睛。细雨如烟，桥上不时有人打着雨伞走过。对岸的红棉树开花了，燕子在雨中飞来飞去，还有一阵一阵的风，吹来了断续的残笛……

我曾躺在扬子江边的大堤上静听江涛拍岸的声音。我想起了赤壁之战、采石矶之战，想起了长发军攻下岳州时的壮烈场面，想起了第一次革命战争时期的汀泗桥之役。折戟沉沙，这些人物都成为过去，只有林立江边的巨人似的工厂烟囱表明了我们这个新的时代。

面对着巨流滚滚的扬子江，我想起了它的发展的历程。

最先它不过是雪山冰岩下面滴沥的小泉，逐渐才变成苍苔滑石间的细流，然后是深谷里跳跃着喜悦的白色浪花的溪涧。以后它又逐渐发展，一时它是澄澈的清溪萦回在牛群牧草之间，一时它又是沸腾咆哮、素气云浮的瀑布，一时它是波平如镜、静静地映着蓝天白云的湖

84

■ 长江

泊，一时它又是飞流急湍、奔腾在崇山狭谷之间的险滩。不知经历了多少曲折和起伏，最后它才容纳了许多清的和浊的支流而形成了茫若无涯的、浩浩荡荡的大江。

每逢假日，我也常约伴去登山。

我们不相信那山颠的云雾缭绕中有什么"神仙"，也不相信那白云深处有什么"高士"。

我们去爬山，是为了休息脑筋，增强体质，丰富知识，同时也是为了锻炼革命的意志。

当我们花了很大的气力爬上第一个山头，回头看看我们所经过的曲折盘旋的小径，看看在我们脚下飞翔的鹰隼，就不觉要高呼长啸。

爬过几个山头以后，又看见前面还有更高的山俯视着我们。好容易爬上最后的顶峰，看看周围，看看耸峙的峭壁，突兀的危崖，嵯峨的怪石，挺立的苍松。在我们脚下是苍茫的云海，云海的间隙中，可以看到乡村，看到通往天边的道路……

　　这真是一种好的运动，好的锻炼，登山远望真令人心旷神怡，好像胸中能装得下山川湖泊。

　　我们曾在大海的近旁度假。

　　碧绿的海水吐着白茫茫一片浪花，蔚蓝的天空像半透明的碧玉般的圆盖覆在上面，海鸥翱翔在晴天和大海之间。太阳就睡在我们的脚下。

　　辽阔的晴空，清新的空气，荡涤了我们多少工作的疲劳啊！

　　这是湖边休养所里的夏夜。

　　凉风轻轻地触动着帷幔，我怀抱着微白的清宵梦入到渺茫的烟水

■ 黄果树瀑布

之中。湖上的白莲花冉冉起来，变成穿着轻纱的姑娘在荷叶上跳着芭蕾舞。

我没有到过龙门壶口，没有看到过雁荡龙湫，但也看过黄果树的瀑布和许多偏僻地方的大瀑布。

远离瀑布还好几里，就先听到丘壑雷鸣，先看到雾气从林中升起。走前去一看，只见一股洪流直冲而下，在日光映射下，像是悬空的彩练，珠花迸发，有如巨龙吐沫；水冲到潭里，激起了沸腾的浪花，晶莹的水泡。大大小小的水珠，随风飘荡，上下浮游，如烟如雾，如雨如尘，湿人衣袖。上有危崖如欲倾坠，下有深潭不可逼视。轰隆的巨响，震耳欲聋，同游旅伴虽想交谈几句，也好像失去了声音。

看了瀑布使人感到有一股雄壮宏伟的气势，奔腾冲激的力量，云蒸霞蔚的氛围，它虽然没有具体说出什么，但它的冲劲的确使人振奋。

我并不怎么喜欢盆栽的什么名花；我倒是更喜欢在广阔的草原上，看见淡淡的微风平匀地吹拂着无边无际的含露的野花。

盆景把宏伟的山川变为庭院里的小摆设。有人赞赏这些东西，认为这是人们按照自己的审美理想来安排山川。但在我看来，这些"理想"多少带有消闲的情趣。它怎能代替我们登上高山俯视云海，振衣千仞岗的感受呢！

小溪流唱着愉快的歌流走了，它将冲击着一切涯岸流向大海。静静的群山，则仍留在原来的地方，目送那盈盈的水波远去。

流水一去是绝不回来了，但有时也会化作一两片羽云望故乡。

（选自《散文》1980年第2期）

戈壁有我

◎郭保林

大草原的尾声便是戈壁滩。

戈壁滩是死亡的草原。

七月流火，我们的汽车在热风炙浪的夹击下，气喘吁吁地挣扎

■ 丝绸之路上的交河故城遗址

爬行。

大戈壁汹涌澎湃地席卷而来，车速很慢。我的目光在前后左右的车窗外，以360度的大视角纵横驰骋。这是纯种的戈壁，没有一点杂质，没有山阿，没有河流，没有背景，旷达的蓝天，缥缈的白云，一目荒旷的沉寂，一目宏阔的悲壮，粗莽零乱的线条，恣肆奔放的笔触，浮躁忧郁的色彩，构成浩瀚、壮美、沉郁、苍凉和富有野性的大写意，一种摄人心魄的大写意。成片成片灰褐色的砾石，面孔严肃，严肃得令人惊惶，令人悚然。这是大戈壁面庞上的痣瘤，还是层层叠叠的老年斑？

沉重的时间压满大戈壁。戈壁滩太苍老了，苍老得难以寻觅一缕青丝，难以撷到一缕年轻的记忆，仿佛历史就蹲在这里不再走了，昨天，今天，还有明天都凝固在一起。

但是，我们并未停下。车子从戈壁滩僵硬的面履上碾过，而它无动于衷，一阵风轻巧地擦去轮痕，前面依旧是起起伏伏、莽莽苍苍的戈壁沙丘，疯长着亘古洪荒，铺满百代旷世的岑寂。

据说，我们的车行路线是古丝绸之路。在人类历史上，影响最深、持续时间最长的四大文化体系——中国文化体系、印度文化体系、伊斯兰文化体系、希腊罗马西欧文化体系——的交汇点，就是这条古丝绸之路。它是历史的通道和罗盘，它导引过心灵史、文明史以至于生物史，至今，敦煌宝窟的画壁上还生活着2 000年前用骆驼贩运丝绸、茶叶和陶瓷的商人。想当年，这路上骆驼成列，驼铃叮咚，车马喧阗，驿站如珠，该是一片多么繁华的景象啊！而今丝绸之路荒芜了，湮灭了，罗盘生锈了。

汽车在奔驰。

又是一片僵硬的雷同化的灰褐色砾石，大大咧咧，蛮蛮横横。星星点点的发艾草和三两墩红柳，像垂危的老人，它的青春和生命被风沙和干燥榨干了，它的灵魂也扬弃得无影无踪。炽白的地气把地球表面固有的绿涤荡得一干二净。

大戈壁藐视生命，嘲弄生命。我不知道它吞噬了多少如花的青春和如雨的血泪，这漫漫古道咽饮了多少驼铃的悲怆和戍边将士的悲绪；这浩浩风沙摇落了几多闺妇的春梦和相思树上苦涩的青果；这重重叠叠的沙砾下面又埋葬着几多累累白骨？而今，这里是死神盘踞着。鸟雀罕至，人迹罕至，天空是阳光恣意的泛滥，眼前是风沙的狂歌，亘古的蛮荒肆无忌惮地袒露着它的高傲和雄悍——这一切都像野兽派画家的杰作，不，这是宇宙之神的雕虫小技，完全按照它意念的任意涂抹。我想，宇宙之神在创造这戈壁巨幅时，肯定是情绪惶惑，思想苦闷，而又体力强壮，精力过剩。

这惊心动魄的苍凉和浩瀚，可以驰骋想象，既无高山的阻挡，又无噪音的干扰。我放飞思绪的小鸟，穿越时间的屏帐——我看见飞将军李广，汉家大将军霍去病的啸啸战马，猎猎大纛，迎风踏踏而去；我看见汉武帝的使臣张骞，大唐一代佛宗玄奘的驼队，昂首行进在戈壁荒漠，风沙浩浩，星路遥遥，驼蹄踏碎星夜的寒霜，驼铃摇落戈壁的黄昏。一曲折杨柳的哀吟，三两声阳关三迭的古韵，使这寂寞的氛围更添一抹凄凉，几缕悲怆……生命的漩涡，人类的梦幻，而今都化为一种历史的难堪，和风沙卷逝而去又卷来的峭叹。

你看，那一丛丛骆驼刺，被阻拦的沙尘形成一个个小丘，像坟墓似的，莫不是那里真的埋葬着戍边将士的遗骨？"醉卧沙场君莫笑，古来征战几人回？""坟丘"排列成一个个方阵，没有纸幡，没有花圈，没有墓碑，只有萧条和凄凉相伴，只有漠漠的阳关的抚慰，只有浩浩长风的哀吟。风过草梢哩噬作响，那是一代代古魂在悲泣么？

汽车穿行在"沙坟"中，索索的骆驼刺向我讲述着一幅幅战争的残景——甲戈森森，旗旄烈烈，战马啸啸，厮杀声，嚎叫声，呐喊声，呻吟声，血染砂坡，尸暴荒野……这里原是一个古战场，战争的悲剧曾轰轰烈烈地演出一幕又一幕。目睹这漫漫戈壁，谁说这里是不毛之地？戈壁滩曾长出二十四史一页页辉煌，曾长出唐诗宋词的悲壮，曾长出阳关三迭的凄怆，也长出过"劝君更尽一杯酒，西出阳关无故人"的黯然神伤……

前面出现一座古城的废址。我们停下车来，走进废城。只见一堵堵被蚀的沙墙，默默地立在阳光下，似乎向苍天昭示着什么，祈祷着什么，也许是回忆昔日的丰采，哀吟今日的冷落。我不是考古学家，但从残垣断壁上，也能读出几个世纪前，这里曾是歌舞声喧，车流人浪，爱的疯狂，情的轻佻，茶的香馨，酒的浓醇……眼前却是一片死寂。轻轻拂去浮沙，那墙垣下部还有烟熏火燎的痕迹，也许是戈壁驼队曾在这里躲避过风暴，孤独的戈壁之旅曾在这里做过几缕温馨的寒梦。那驼队遗落的驼铃呢？那胡琴丢失的音符呢？举目四望，依然是雄风浩浩，飞沙漫漫，依然是裸体的黑褐色的砾石，几棵红柳和骆驼刺点缀着古道1700年的荒凉。还有一堵被风蚀的沙柱，像纪念碑似的矗立着庄严和孤独，向历史宣告，这里是一处神秘、恐怖、狞厉而又以慈悲为怀的密宗天地。

一切都被风沙埋没了，被时间的巨浪吞噬了。

人类是难以征服宇宙的。人类只是在宇宙的缝隙中默讨着生活的偶然幸存。在宇宙面前，人类是孤独的。几千年来，人类在这里播种的文明和文化、繁荣和繁华、恩爱和仇恨、美丽和丑恶、善良和罪孽……都化为了乌有。只留下这类似月球地貌似的灰褐色遗言，只留下太阳孤独的鸣唱，只留下漠风唱给死亡的挽歌！

一位哲学家说过，人类的悲哀与宇宙的存在是两个极端，人类的意识大于他的存在，宇宙的存在大于它的意识。

　　宇宙之神啊，你对生命永远保持着那种高傲的淡泊，冷酷的仪表和狂妄的自尊；在宇宙眼里，人类不过是枯附在地球表层的微生物，宇宙的尺度从来不须衡量人类的行程和人生的历程，即使对秦时明月汉时关，对五千年华夏历史的辉煌也不屑一顾。但是，在这狂风的起跑线上，在这起伏跌宕的瀚海潮头，在这无边无际的空旷和寂寞中，宇宙之神也是孤独的，是那种无法宣泄的悲哀和难以倾诉的孤独。

　　我在戈壁滩上漫步。太阳已西斜，热浪开始退潮。

　　前面是戈壁，身后是戈壁，左边是戈壁，右边也是戈壁。我浑身长满戈壁意识。我不是随着戈壁走，而是戈壁随着我走。

　　荒凉，荒凉！荒凉得残酷、残忍、残重！然而在这荒凉之中，我却看到一切都是平等的，废墟比之灯火辉煌的大厦，瓦砾比之繁华的

■ 五彩山戈壁

商业区，穷鬼乞丐比之亿元豪富，庶民百姓比之达官贵人，体现出更多的平等精神和民主意识。这是一切都处于湮灭中的平等，是一种无可奈何的平等，是宇宙之神随意创造的一种平等。

野蛮的豪风，粗粝的阳光，宇宙的宏阔，史前的苍茫，构成大戈壁的庄严和肃穆，构成一种不屈不挠地创造无数激越与奋争的瞬间的永恒。

四维空间只剩下一维。不，还有我！有我在，大戈壁便增加成了二维。我正处在洪荒炽情的拥抱中，我正处在亘古沉寂的热恋之中，我和宇宙之神肩并肩地站在遥远的地平线上，四周弥漫着"古从军"乐曲的那种郁回悲壮。此时此刻，只有我和宇宙之神在谈心、聊天。宇宙之神伏在我的肩头，悄声说："大戈壁最美的风景是晚霞，不信，你等着瞧——"

宇宙之神并未说假话。当大戈壁的黄昏降临之时，的确是一帧美丽悲怆的大风景。且看，远处那一道道起伏跌宕的沙梁，那是夕阳点燃的一条条火龙。火龙在晚风中飞跃腾动，发出一种啸啸的鸣叫，给戈壁滩增添无限的生机和壮观。而遍地的砾石，红光灼灼，热烈动人，像是谁遗弃的无数元宝。至于那阔大的天空，则开满绚丽的血红的野罂粟花——那种美丽的带有毒性的花！那是献给大戈壁热情的吻么？大戈壁也似乎年轻了，到处是深深浅浅、迷迷茫茫的金碧辉煌，而那骆驼刺和红柳也开出星星点点的红花，结满星星点点的红果，更添一抹斑驳富丽的景观，给人以庄严、神秘的感觉。

夕阳沉去了。我站在暮色中，只觉得自己也化为一朵花，向大戈壁倾吐着爱恋之曲；化为一棵草，一棵树，向宇宙颂扬着生命之歌！

（选自《中华游记百年精华》，人民文学出版社2011年版）

高原，我的中国色

◎ 乔 良

暮云垂落下来，低矮的天地尽头，走来一个小小的黑点。

一个军人。

他站在一架冲沟纵横、皱褶斑驳的山梁上。

天可真低。他想，一抬手准能碰到老天爷的脑门儿。

残阳把他周身涂成一色金黄。他伸出手臂，出神地欣赏着自己的皮肤。金黄的晖光从手臂上滑落下去，掉在高原上。一样的颜色。他想，我的肤色和高原一样。

豪迈的西风从长空飒然而至。他的衣襟和裤脚同时低唱起喑哑而粗犷的古歌。刹那间，他获得了人与天地自然、与遥远的初民时代那种无缝无隙的交合。是一种虚空又充实，疏朗又密集，渺小又雄大的感觉。

他不禁微微一笑。

然而，只一笑，那难以言喻的快感消退了。渐渐塞满胸壑的，是无边的冷漠，莫名的苍凉。竟然没有一只飞鸟，竟然没有一丛绿草。只有我，他想。我和高原。于是他又想，这冷漠、这苍凉不仅仅属于我，还属于遗落在高原上的千年长史。

一千年。

畏惧盗寇的商贾们抛离了驼队踩出的丝绸古道。面对异族的武夫们丢弃了千里烽燧和兵刃甲胄。一路凄惶，簇拥着玉辇华盖，偏安向丰盈又富庶的南方。

南方，绿油油、软绵绵、滑腻腻的南方。没有强烈的紫外线辐射，没有漫弥天际的黄沙烟尘，没有冰，没有雪，没有能冻断狗尾巴的酷寒。有丽山秀水，丝竹管弦，有妖冶的娥眉，婀娜的柳腰，有令人销魂的熏风、细雨……那叫人柔肠寸断的杏花春雨呵，竟把炎黄子民们孔武剽悍的魂魄和膂力一并溶化！而历史，却在某个迷茫的黄昏，被埋进深深的黄土。

有多厚的黄土，就有多厚的奥秘的高原，每一只彩陶罐、每一柄青铜剑都会讲一个先民的故事给你听的高原，沉默了。陪伴它的，是一钩千年不沉的孤月。

■ 黄土高原和蜿蜒的黄河

唉，南方，南方。

他忽然想到了西方。当黄皮肤的汉子们由于贫血而变得面色苍白时，麦哲伦高傲的船队刚刚在这颗星球上画完一圈弧线。野心勃勃的哥伦布，正携着西班牙国王致中国皇帝的国书，横渡大西洋，惊喜地打量着近在咫尺的新大陆。

真是一群好汉子。有了他们，西方才后来居上。

他感到胸口有一团东西被揪得发疼。

他看到斯文·海定、斯坦因、华尔纳们，正把成捆的经卷盗出敦煌，正把昭陵的宝马凿下石壁，而恭立一旁的黄种汉子，手里只有一杆能把自己打倒在地的烟枪！

他想喊。

他想站到最高的那架山梁上去，对着苍茫的穹隆嘶喊：

难道华夏民族所有的武士，都走进了始皇陵兵马俑的行列？

没有风。没有声息。高原沉默着。

一块没有精壮和血性汉子的土地是悲哀的。

他想起了他那些戴着立体声耳机、抱着六弦琴横穿斑马线的兄弟们。他们全部身体瘦长，脸色煞白，像一根根垂在瓜架上的丝瓜。他们要去参加这一年中的第三百六十七次家庭舞会吧？他们的迪斯科跳得真好。他们忧郁的歌声真动人。但，他们只从银幕上见过高原和黄土。他们不知道紫外线直射进皮肤和毛孔时的滋味，更不知道那黄土堆成的高原上埋着的古中国。

可那才是中国，那才叫中国。被人凌辱了200年的，不是真正的中国。真正的中国星闪着丝绸之光、敦煌之光，修筑起长城，开凿出运河，创造了儒教、道教，融合了佛教、伊斯兰教，同化了一支支异族入侵者的中国。

96

真正的中国是一条好汉。

这裸着青筋、忍着傲骨的高原也是一条好汉。

他真想把那些整天价只会怨天尤人的小白脸们都带到这里来，染他一身一脸的国色——黄帝、黄河、黄土高原的本色。让他们亲近一下泥土的淳朴和漠风的豪气。

他想，要使这片贫瘠的、失血过多的土地复苏过来，需要的是更强劲的肌肉，更坚硬的骨骼，更热的黄河一般湍急的血流。需要比麦哲伦和哥伦布们还勇健得如守护始皇陵的武士俑那样的壮汉。

他想，我也该是这样的汉子。

他想，有了这些男子汉，高原，这金子似的高原便不会死去。因为轩辕柏在这里扎着一根粗大的、深邃的根茎。

这个人，这个军人，就是我。

（选自《高原，我的中国色》,《中文自修》2007年Z1期）

小 城 凤 凰

◎董夏青　刘胜军

有这么一座小城，她静静地存在着，青山和碧水包围着她沧桑古老的面孔，记录了她亘古不变的历史。它就是——凤凰。

——题记

相传在大湘西莽莽苍苍的群山之中，跃然飞出一只火凤凰。火凤凰涅槃后，演化成一座风光如画的美丽小城，它就是湘西古城——凤凰。

小城山清水秀，地灵人杰，以它自己独特的自然景观、人文景观和浓郁的民族风情征服着世人。新西兰著名作家路易·艾黎就将它赞

■ 凤凰古城

为中国最美的小城。沱江穿城而过，江流舒缓、水平如镜，舟行款款，如滑动在琉璃之上。水纹细小而柔美，涟漪渐生而渐散，河水晶莹透彻、纤细可见。水下藻荇丛生，随水摇曳，依依袅袅。远处画桥如虹，飞阁垂檐，极尽清丽典雅之风致。两岸青山吐翠，城郭峨峨，悬楼吊脚，一并倒影在那清流之中。影影绰绰，似幻还真。一汪清澈沱江水，养育百年性情人。就是这泓从高山峡谷中奔泻而出的江水，千百年来一直与古城人的血液相溶在一起。沱江的水是平和的，一如今天凤凰人平静的生活。沱江的水是清澈的，她似乎又与凤凰人达成了一种永恒的心灵同构。她那处变不惊、优游闲适的禀性流溢出凤凰独特的人文精神。

吊脚楼沿河而搭，站在不同的角度观望，吊脚楼都会有不一样的情趣。隔岸站立凝望，吊脚楼像兵士组成的方阵，由高到低一字排开，严整中透出几分活泼。隔岸侧面遥望，吊脚楼像江岸上搭建的古栈道，那些粗细不同、有高有矮的木柱，像一个个历经沙场的壮士，把坚挺的双腿插入江中，用有力的臂膀，撑起了一个个甜蜜温暖的家，担起了整个古城的重量。这些不仅仅体现着凤凰先辈的审美情趣和建筑理念，更是凤凰人坚韧不拔、桀骜独立精神的体现。吊脚楼高高低低、错落有致，温柔细腻的线条，包裹着几许轻灵、几许柔情，它们就像凤凰的女子，作风豪放、外形纤柔、内心善良。那曲曲折折龟裂的木板，像涂了柏油一样乌黑，曾经荡漾在表面上，那一层流光溢彩的生命力已经消失殆尽，剩下的只是暗淡、沧桑，以及那内在的坚韧魂魄。

这是一座有灵魂的小城。所有与这座小城相关的情感，沉淀到了一块块或青或红的石板上，汇集到暮色中城楼的月晕里，流淌在静静的沱江水中。依城而过的沱江，夺走了历代凤凰人所有的爱与恨。透

99

迤曲折的一条条石板街，记录了凤凰城万物的生老病死。

岁月的长河，静静地在凤凰城的一条条石板街中流淌。每一个屋角，每一角飞檐，都是一个传说，都是一个梦。世世代代的凤凰人都是生在一个个故事中，死在一个个传说里。在他们的内心深处，都有一个属于他们的永远的精神家园。

凤凰的石板街最初为红石板，形成于乾隆年间。当时的凤凰，商贾云集，来自江西、福建等地的客商在此开店设号。这座小城中汇集了各地的文化精华。一代代的凤凰人从这一条条石板街上走过，或轻或重的脚印，永远地重叠在了一块块或红或青、或宽或窄、或方或圆的石板上。这一块块的石板，便记载了凤凰城和凤凰人的历史。

就在近代中国百多年历史中，从凤凰城中走出去的三品以上文武官员就有188人，一大批政治家、军事家、学者、文化大师。钦差大臣贵州提督田兴恕、民国内阁总理熊希龄、自称"乡下人"的文坛巨匠沈从文、当代著名画家黄永玉，这一个个鲜活的名字，哪一个不是从凤凰巷陌里走出来，而后进入历史的大舞台？也许这就是人们千里之外寻找这个群山环抱中小城的全部理由。但他们并没有占去凤凰的整个灵魂，古城的主角、中心人，仍然是芸芸众生。

生活在凤凰城中的人，汲取了这座小城得天独厚的灵气，他们或擅诗文，或工丹青。最朴素的如城墙根下锉花的老妇。在凤凰，几乎人人都有一门深藏不露的看家绝活。生活在这么一座充满着灵性的小城市中，什么奇迹都有可能发生。正因为如此，凤凰人才如此眷恋着生长于斯的这座小城，眷恋着这座小城中的一条条石板街。一个士兵，要么战死沙场，要么回到故乡。凤凰永远是凤凰人的故乡，不管他走了多远，看过多少地方的云，走过多少地方的桥，喝过多少地方的水，爱过多少地方的人，他们的根，依然在这座美丽的小城。大多

数的凤凰人，似乎都不愿意离开这座小城，即使离开了，他们的根仍在此。千年万年之后，他们的魂，依然飘在这座小城的老街上。

历史的巨人，在湘西把笔锋抖了一抖，抖出了一座精致的小城，留下了满城的故事，留下了亘古缠绵的情与爱。

（选自"2004年全国第七届电视诗歌散文展播作品"，央视国际网站）

小城凤凰

■ 凤凰古城夜景

壮美的印江

◎ 聂鑫森

嵌在黔东北的印江土家族苗族自治县，在未与其晤面之前，我常把她想象成湖南湘西的凤凰，玲珑的城郭，宁静的村寨，山如黛眉，水似眼波，歌舞翩跹，银饰叮当，说不尽的秀润与妩媚。

我与几位文友应邀去了印江。先到贵阳，再乘车近7小时始达，真正是"众里寻他千百度。蓦然回首，那人却在，灯火阑珊处"。

几天来，我们走访印江县城，街市井然，新楼亮丽，澄碧的印江水，窄窄，款款，穿城而过；到处绿树蓊郁，清凉可人，那枝丫间无意中便会绾住一段少男少女的歌谣；杜鹃花红红粉粉，肆意地开得正盛。我们踏勘山环水绕的村寨，茶园、果园、稻田，一片接一片，绿意盈盈，而在结构精美的吊脚楼、筒子屋，燃着灿若红莲的火塘，奇瑰的传奇故事，在口口相传中繁衍生长。我们在紫薇园，观赏土家族婀娜多姿的摆手舞；在合水镇木黄河边的古作坊，看薄如蝉翼的白皮纸如何诞生；在梵净山半山腰的护国禅寺方丈室，听年过九旬的高僧细说因缘……印江，你是如此静穆，如此娟丽，如此纤柔。

不，这不应是印江全部的内涵，当采风活动日渐深入，兀地触摸到印江强烈而雄劲的脉跳时，我眼中的印江分明呈现出一种别样的壮

美，喷涌出震撼心脾的伟力和热情。

到印江不可不去梵净山，它绝不是一副低眉顺眼的模样，而是充满着无羁的野性，山峰陡峭，断崖如削，沟谷幽晦深邃，泉瀑奔涌呼啸掷出万钧沉雷。与之相配的怪石嶙峋狰狞，奇树傲岸挺拔，翠竹剑戟横空，连四时开放的杜鹃花也凝重如血。到了梵净山，不可不飞身登绝顶，日出或日落，霞云簇拥，山顶铸金，这"红云金顶"何其气象万千。当一番潇潇春雨过后，天兀地晴亮，金顶会出现巨大的环状佛光，登临者的身影镶嵌环中，何等壮观啊！

"似痴如醉弱还佳，露厌风欺分外斜"，宋人杨万里所描绘的紫薇花，不过是一种小型灌木，袅袅婷婷，与病美人何异？但在印江永义的紫薇园，却屹立着一株历千余年风霜，高30余米的紫薇树，属第三纪残遗植物，在神州大地仅此一株。一年开花一次，蜕皮一次，但种子落地不生，枝条嫁接不活，与园中各类紫薇科植物迥然不同。多少紫薇在无尽的劫难中，从外形到内质，不断虚化和蜕变，成为纤弱的种群，顾影自怜。而这株千年神树，永远保持硕大的体魄和刚毅不屈的品格，在开花和蜕皮中不断新陈代谢，以恪守坚贞不渝的信念，如一面猎猎飞扬的旗帜，昭示着生命的真谛。不可再生，不可嫁接，正如一种壮美的精神气质不可复制，不可克隆。

在灯影交织的严家祠堂，我们观赏过遒劲古拙的傩戏，那充满诡秘的一招一式，将远古初民的遗风流韵，肆无忌惮地渗入现代生活的图景，激腾起都市一族对大自然的由衷拜服。在庙会的开幕式上，土家族的长号唢呐向天而吹，其声沉宏峭拔，穿空裂云，让闻者心胆俱壮。在木黄河边生产白皮纸的作坊里，粗重的木杵撞击石臼所发出的惊天动地的声音，揭示着传统文明不竭的张力。

那个夜晚，星月交辉，印江城"火树银花触目红"。土家族、苗族和汉族的各路好汉赤膊赤脚，和着雄浑的锣鼓声、长号唢呐声，舞着龙灯呼啸而来。于是壮汉们举着缠绕鞭炮的长竹竿，捧着填满硝药的大竹筒，蓦地"杀"入龙阵"打火炮"和"打花"。鞭炮点燃了，烟花点燃了，一声声的炸响，一团团的火焰，在舞龙汉子的身前身后翻腾喷溅，于是欢声更高，龙影更疾。我看见火光在赤脚下流淌，火焰在古铜色的脊背上滚动，没有人稍有怯色，没有人略显彷徨。只听见舞龙汉子齐刷刷呼喊："呵嗬——呵嗬——"

他们曾这样踏着火光走过漫长的历史，他们曾这样呼喊着塑造印江的山山水水。在火光和呼喊声中，我看见跨在龙背上的印江，如此壮怀激烈，如此意气飞扬，如此威风八面！

印江啊，壮美的印江！

（选自 2006 年 1 月 30 日《人民日报》）

西 行 漫 记

◎ 赵本夫

　　在中国历史上，曾有过许多著名的路和关于路的故事，比如茶马
古道、丝绸之路，比如明修栈道暗度陈仓，比如明代大移民、山西大
迁徙、湖广填四川，等等。在这些关于路的故事里，无不充满苦难和
辉煌，成为中华民族永远的记忆。而70年前的红军长征路，是又一
条让中国人为之骄傲并永远记住的路。

　　还在少年时，就曾有过梦想，希望有一天能去那条路上看一看。
今年六月，我应邀参加"中国作家重走长征路"活动，这个愿望终于
实现。这次活动实际上只是穿越四川西部，也是当年红军最艰难的一
段长征。自古蜀道难难于上青天，而川西又是四川地势最险峻复杂的
部分，高山、峡谷、急流、险滩，随处可见。我们行走的路线，正是
当年红军走过的地方。

　　在这段2 000多里的路途上，有高达4 000多米的巴郎山、6 000
多米的四姑娘山等四座雪山，有一条又一条深不见底的大峡谷，有红
军曾艰难跋涉过的若尔盖大草原、大沼泽。我们大部分时间是乘车穿
越，只在雪山顶上和草原腹地行走一段，自然已无法真正体验当年
红军爬雪山过草地的艰险。但就是这样，也感到殊为不易。在4 000
多米高的笔架山、巴郎山上行走，你能明显感到空气稀薄得喘不过

105

气。山顶上没有乔木，也没有灌木，只看到一些从雪层里顽强钻出的小花小草，其中最多的就是野罂粟，黄色艳丽的小花朵一簇簇绽放在晶莹的雪面上，让人感到的是邪气和惊栗。翻越6 200多米高的四姑娘山，更是一次严峻的考验，不仅空气更加稀薄，而且寒风呼呼作响，刮得人站立不稳，稍有不慎就会掉下山崖。我们大都穿着棉衣，还是感到透骨的寒冷。山顶不仅有厚厚的积雪，还有厚厚的冰川。据陪同人员介绍，这些冰川属于第四纪，已有200多万年的历史。因为年代过于古远，冰川表层已呈锈黄色，就像古玉上的一层包浆。站在古冰川前，我们除了面色青紫大口喘气，只有地老天荒般的沉默和敬畏。你还能说什么？在感叹大自然神奇造化、人的生命短暂渺小的同时，不由遥想当年，红军可是一步步从山底爬上来的啊！在爬山的途

■ 四姑娘山

中，有多少饥寒交迫的战士倒下再没有站起来，或失足坠入深渊尸骨无存，已经无人知晓。当晚我们下到半山腰，住进海拔3 000多米的宿营地，依然冷得打颤，只得披上棉被取暖。而此时，山外的世界正是六月盛夏。

经过几天的行进，传说中恐怖的若尔盖大草原大沼泽到了。这里依然人烟稀少，连牛羊也看不到。放眼望去，在湛蓝的天空下，大草原绿如碧海，静如荒漠。事过境迁，一条平坦的公路蜿蜒远去，如今穿越大草原已不是难事。但当年的红军，却在这里死亡无数。除了几场生死大战，非战斗死亡率也相当惊人，或者饿死，或者病亡，或者被沼泽吞没，或者被地方反动武装偷袭失去生命。当地藏民说，至今在大草原仍不时发现枯骨，每一具枯骨都是一个孤魂野鬼，那些死去的红军战士往往连名字也没有留下。

一路上，我们听到许多关于一、四方面军的真实故事，看到许多红军留下的遗迹，一次又一次被感动被震撼。回来后很多日子，还会从梦中惊悸而醒。我们每天都在走路，世上的路有无数条，但去那条浸满血迹至今依然荒凉的路上走一走，会让我们增加生命的厚度，起码会减少一些浮躁和浅薄。

（选自2006年10月23日《解放日报》）

运河是活的

◎ 舒 乙

　　问任何一个人，不论大人小孩，长城什么样，几乎没有不能回答的。人人脑子里都装着一个长城，很清晰。

　　长城被宣传了20年，非常成功，现在连一块长城砖都值钱得要命。

　　可是，问到运河呢，就不是如此，差不多什么也答不上来。

　　真的，大家对运河所知甚少，是的，少得可怜。

　　可是，运河和长城一样伟大，一样了不起，一样是国宝，一样是世界奇迹。

　　真该好好说说运河了，别再冷落大运河了。

　　运河，运河，你太亏了。

　　其实，运河和长城，根本不同；虽然它们同是中华民族精神的象征。

　　长城，待在荒山野岭，人烟稀少，成了文物，成了历史，成了古董，似乎不再有生命。

　　运河，就不一样。运河是活的。

　　活的，有两个含义。一是说它的功能并未丧失，现在仍在发挥作用；二是说它还在发展，是一个既有过去，又有现在，还有未来的活物。

这两条，证明运河和长城根本不同。长城只有过去，更没有将来。长城是凝固的历史，不会动了，是躺着的。

运河，站着，走着，还会跑呢。

运河的现状是，自山东境内济宁市南旺以北，一直到天津，是枯干的，只有故河床依存，完全废了，有名无实，有的河段只剩下泄洪和充当污水沟的功能；在济宁市南旺以南，则大不相同，水量依然充足，河面宽，运输繁忙，上万条运输船只日夜航行其间，一派繁荣景象，令人惊叹不已。有水的运河南段约占运河总长的55%，无水的北段则占总长的45%。如此看来，运河的多一半还活着，而且活得还挺好。

京杭大运河共分七段，黄河以北三段半，以南三段半。由北京出发，一路南下，经通惠河、北运河、南运河，至山东境内的鲁运河，过临清市，过黄河，到济宁市，正处鲁运河的中段，突然眼睛一亮：一条大河就在桥下。它就是有水的运河，挺宽的，停靠着不少船舶，河中两列货船逆向交错行驶，每列都有点像火车，彼此头尾相衔，浩浩荡荡，蔚为壮观。往南驰的船吃水很深，装满了货，多数是煤、沙子、石料。水面和甲板几乎持平。往北的船则多半是空的。仅苏州段每天就有船只6 000艘通过。

想不到竟是如此繁忙。

由于运输成本低廉，现在运河的运输量竟然是三条津浦铁路单线的总和，还要外加一条京沪高速公路的运输量，真是了不起。

在古代，运河主要负担南粮北运的任务，即以漕运为主，盛时年运600万至800万石，粮船多达万余艘，兼负运盐、运货。现在，倒过来，主要是担负北煤南运，兼负建材的运送，年运量超过1.6亿吨，运河中的黄金水道常年可以航行千吨级的大船，经济效益非常显著。

运河的水利作用，包括灌溉在内，也很突出。

像公路发生"堵车"一样，运河也会发生"堵船"现象，在徐州段有时一堵就是七八天，甚至个把月，多达上万条船挤在一起动弹不得，那种场面真可谓惊心动魄。

船民因为长途行驶，基本上以船为家，在船上生孩子洗衣做饭过家家，悠闲自得，从容之至，养鸡养狗也是常见的事。时常可以看见船民坐在甲板上的小凳上扎堆聊天，有的手上牵一根绳，绳的另一端系在幼儿的腰上，免得小孩跑远了不小心落入河中。

看到这，两句话便会脱口而出：运河很古老，可运河还是活的。

（选自2006年9月9日《新民晚报》）

■ 京杭大运河济宁段

绝　唱

◎ 严　阵

　　我每年都要到圆明园去，虽然圆明园一直有荷花池，三四月间，荷叶出水，一片青绿，五六月间，花瓣初展，点点新红，可我到圆明园看荷花，却既不在三四月间去看它的绿叶，也不在五六月间去看它的红花。不知为什么，我总觉得圆明园的荷花和别处的荷花不一样，它说的话不一样，它做的梦也不一样。

　　因此我愿在每年的初冬季节到圆明园去，不是为别的去，就是为了在这个时候，到那里的荷花池去看荷花。

　　诚然，荷花的绿叶的美是无可比拟的，它浅浅的深深的绿叶上凝聚着汪汪点点的水露，在阳光的照射下，宛如透明的翡翠上滚动的几颗珍珠。

　　这是这一塘荷花最美的时候吗？ "接天莲叶无穷碧"的名句曾被人无数次地吟咏过，的确，我起初曾经以为，这是荷花最美的时候，可是我现在却觉得，也许一切并非如此。

　　诚然，荷花的红花的美是有口皆碑的，它粉粉的，淡淡的，文文的，雅雅的，仿佛永远是十五六岁的年纪，不管在明亮的阳光下或是在轻风细雨中，它婷婷于岸畔又隐隐于水底的那些神秘莫测的艳影，都会使人心醉神迷。

这是这一塘荷花最美的时候吗？"映日荷花别样红"的诗句，人们总是不绝于口，当然，我也曾经认为，满塘红艳是荷花最美的时候，可是，我现在越来越不这么以为了。

　　既然绿叶不是最美，红花也不是最美，那么荷花到底在什么时候才是最美的呢？

　　那是一个十多年前的十月，我孤身一人到圆明园，想去寻找那里的残秋，可是当我徜徉于既找不到一片绿叶也找不到一朵红花的荷花池的石岸上，无意之间，我却被蓦然呈现在我面前的另一种景色震撼了：在映满圆明园断石残柱所组成的黑白相间的奇妙图案的水影中间，交织其上的是一池残荷，它有的枯梗还高高地耸立着，有的则已折断在水中，它有的叶子早被秋风撕破，有的卷作黑色的一团，却依

■ 圆明园遗址

然在空中高悬，那些它结下的果实，那些曾是翠绿色或者金黄色的莲蓬，有的虽然已变成黑色，却依然在空中高举，有的被风雨摧折，成堆地倒伏在水中，却依然守着它自己的根。看到这种景象，看到在圆明园断墙残柱的倒影上，那些由残荷组成的神奇幽秘的大大小小的正方形、三角形、圆圈形、菱形的交相印叠的美丽图案，我顿时感到我走进了一个荷花的神奇的世界。

留得残荷听雨声吗？不，我当时的感觉完全不是这样。我感到这满池的荷花没有枯，没有死，那布满池水的断梗残枝，完全是那一池碧绿一池艳红的最高的升华。从它们以残枝断梗和倒在池水中的莲蓬所组成的各种神秘的图案中间，你可以发现一种美，可以发现那种不是红红绿绿的俗美，可以发现那种不是迎合季节的庸美，可以发现那种不被别人所发现的蕴藏于残破枯败之中的那种自信和孤高，那种一直展现到生命最后的充满无比自信的高尚的凄美。

它是满池枯梗残叶，但它却表达了一种力量，一种精神，它不再以绿叶去使人清心，它也不再以红花去使人陶醉，它现在给人们的，和圆明园留下的断墙一样，是一种似乎已被摧毁但却永远无法摧毁的象征，是一种不屈的沉默。因此，我想，这满塘残荷才是圆明园荷池的绝美之处，因为它是远胜于色远胜于香的一池历尽凄风苦雨的绝唱。

何况，隆冬过后，它那散落满池的莲子，又会吐出新芽，用它青青的绿意，覆盖着这片古老的荷池呢！

只要不失去那点孤高和自信，即便不再有绿叶红花，即便只剩下一根枯梗，一片枯叶，也照样会具有永远属于自己的那种独特的美。

不要留得残荷听雨声，还是在风雨声中去听残荷吧！

去听它的精神。

113

去听它的风格。

去听它的情操。

去听它的力量。

世间如此，人生如此。只要精神上拥有美，便谁也摧毁不了你的美。有些时候，越是摧毁，便越是美丽。

存在就是力量。

（选自《阅读与欣赏》2006年第3期）

穿过秦岭

◎ 雷抒雁

一说过秦岭，不免想起那些凄苦艰难的关于秦岭的诗句。

当年，从长安出发，李白走的西路，"西当太白有鸟道，可以横绝峨眉巅"；诗人喟叹蜀道之难，难如登天；韩愈却走的东路，通往蓝田商洛一线，偏是冬季，雪深路险，"雪拥蓝关马不前"。这些困苦的诗句，成了秦岭艰险的千秋写照。

53年前，我亦步古诗人后尘，经蓝田，翻牧虎关，进峪口，过黑龙口，去往商洛。那时，我还只是一个小学四年级的学生。尚不知有这么多诗人，在这一片土地上艰难地生活过、跋涉过。我和外公、母亲，早行夜宿，以双脚体验了这几百里山路的艰难。那时，虽说公路

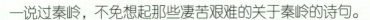

■ 金秋秦岭

已经修通，却没有公共汽车通行。路上过客，多是穿麻鞋打裹腿的山民，人背肩挑些山货，或架子车拉些木材到山外去换些粮食、用品之类。进山偶有卡车、马车，也多是公家拉货运输的车辆，并不载人。要请人家"捎脚"，就得半夜起床，在路边等待，往往是等了几个时辰，说了许多好话，依然找不到肯捎客的顺车。

头一次进山，一切都感到新奇。看远山近岭，听鸟鸣泉咽；偶有一棵古松倒挂崖顶，也要站住瞧半晌；看着山涧水底红红蓝蓝的石子，也想探身下去捡几粒。每每被母亲劝止，说是路长着哩，好好走路。向晚有路边店，点了油灯招客歇息。外公在前边一家家领看，我总觉得那店不干净，一家家错过去。最后，总算找了家车马大店住了下来。那店，一进门就是一面大炕，可容十数人躺卧，也不分什么男女。外公、母亲和我三人挨墙睡下。店里并无食堂，大门边支起一口大锅，客人们可以自带米面，自己做饭。我想这种古朴，怕是明清以来沿袭的风俗。

一夜无话。由于头一天的跳跳蹦蹦，我的腿脚早晨下地时，已疼痛不堪。母亲替我揉揉，发现腿已肿了。就这样，又是一天行程。家乡人把这种步行赶路叫"起旱"。这大约是与行船相对应的说法。

那次过秦岭，是我一生对于远行，对于大山的最初记忆。所以一想到过秦岭，便有痛切的直觉先提醒我：艰难。

近些年，我去过商洛，自然一路坦途，加上车子也好，一踩油门就上了山；虽说上山下山，路途还是远一些，但方便多了，不经意间车已过了秦岭。

不过，这只是东路。中路是从西安到柞水、镇安去安康一线，前些年还十分艰难。翻山就要两三个小时，一到大雪封山，许多路途就要断绝，行走依然不便。一直听说要打一条隧道，钻通秦岭，年前到西安正逢隧道贯通，车子可以穿过秦岭，直达陕南，这是让人兴奋的消息。一到西安，立即约朋友驱车南行。

如今，西安道路宽敞，一出城，不要几十分钟，秦岭便由紫变蓝，由远趋近，山石丛树，村舍人家，尽在眼前了。

时在冬日，山头上稀稀疏疏的草木瑟然于寒风中；大块的石崖，从夏日葱茏的草木里显露出古板的面孔，增加了山势的凝重与森然；一冬无雪，山坡面目黝黑，显现出一些贫寒相。

从石砭峪进山，穿过几个小的隧道，头上顶着一座五台山；再往前行，便是那座名为"秦岭终南山隧道"了。

朋友一路介绍着这座隧道的宏伟。这是一个双向双车道的长洞，全长18.2公里。如果以单洞双向隧道论，它仅次于挪威莱尔多隧道的24.5公里，为世界第二；但如依双洞双向论，又超过日本关越的双洞单向四车道隧道，位居世界第一。

也许是因为刚刚通行，路上车子并不见多。一进那明亮宽敞的隧洞，如同走到了海底的神话世界。两排淡淡泛着蓝光的顶灯，把你的视线和想象引向更为深远处，前边看不见洞口，只是直直的长，长长的远。车行5公里，洞子突然变得开阔。两边是高高的修竹野树，底下是绿莹莹的青草铺地。灯光也突然大开，如同到了地上的某一处休闲公园，让你疲惫的身心为之一爽。近前一看，却都是些人造的景观。大约只是为了减轻司机的视觉疲劳，就这样5公里一处，交替出现，把长长的隧洞分割成一片片风景。

别有洞天。那一刻，我在想象着耸立在头顶的岩石、古柏、苍松；想象着那些活跃在青竹、碧草间的野羊、猿类，以及各种珍禽；它们可以安然无恙，依旧过着它们千百年来无惊无扰的生活。

当然，我也不能不为人力巧夺天工的伟大创造所感染。那些在秦岭的心腹长年累月开石钻洞的工人们凭着怎样的艰辛和努力，为国计民生做着巨大的贡献。

这样想着，大约20多分钟，便看见洞口，到了陕南，到了柞水地界，在一个叫营盘镇的地方出了隧道。

这里是另一片天地。两边的高山上，青松苍然；山涧里一道细流淙淙奔向汉江。那山头上立着的标语牌上写着"一江清水送北京"，让人心里一热。这一脉细流，不要多久，将会汇进双江，流向北京，让我在异地饮上家乡水。

西安到柞水，山道蜿蜒146公里，要翻越两道山梁，如今却只有64公里的路程，一个钟头便到了柞水县城。我笑着对柞水的朋友说：你们可以划入西安，成他们的郊区了。

过去翻越秦岭，山高路险；如今穿越秦岭，真有一条"终南捷径"了。柞水、镇安的百姓正思谋着即将开春之后，外地客人来这里旅游，吃、住的安排，景点的布局；思谋着怎样开发山区，利用交通的便利，让西安拉动这个贫困山区奔向小康。镇安县一位朋友操着当地口音，让我听来有些近于荆楚。我想，这是秦岭常年阻碍所致，随着与关中交往的密切，这一口楚音楚语会更趋关中化。一洞隧道，沟通的不仅是经济，更有民俗文化的迅速交流与融通。

曾经有一句调皮话，显现着柞水、镇安人民生活的艰辛。那句话说：祖国河山可爱，柞水镇安除外。为什么？就因为大山阻隔，交通不便，经济不发达，人民长期处于贫困状态。这一条捷径，一道通途，改变了山区人民的命运，让这贫困山区变得更为可爱了。

50多年来，从徒步秦岭，到翻越秦岭；今天又是穿过秦岭，生活变幻着方式和色彩，推动着我们一步步走向前去，如同行走在时间的隧道里。

（选自2007年3月13日《人民日报》）

4 龙的脊梁

民族的复兴不仅需要强大的物质力量，也需要强大的精神力量。鲁迅说过："唯有民魂是值得宝贵的，唯有他发扬起来，中国才有真进步。"中华民族在几千年的历史中生生不息、绵延发展，历经艰险而屹立不倒，屡遭挫折又浴火重生，很重要的一点就是我们中华民族深厚的精神追求。"中国精神"是中华民族坚挺的脊梁，是坚强不屈的民族魂，指引着中国人民团结在一起，万众一心，众志成城。

自题小像

◎鲁迅

灵台无计逃神矢，
风雨如磐暗故园。
寄意寒星荃不察，
我以我血荐轩辕。

■ 绍兴鲁迅故里百草园

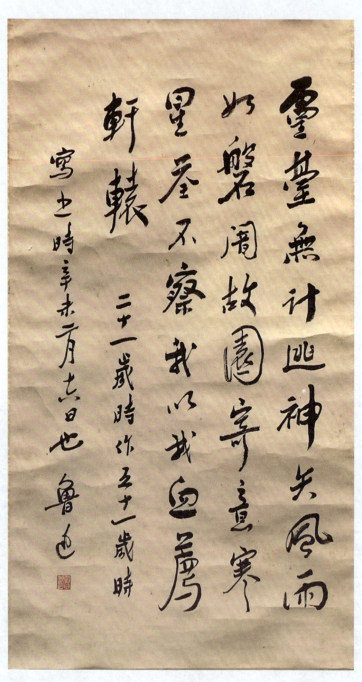

灵台无计逃神矢，风雨如磐闇故园。寄意寒星荃不察，我以我血荐轩辕

二十一岁时作 五十一岁时写也

写出时辛未三月十日也 鲁迅

■ 鲁迅手迹

最后的灿烂

◎ 殷允岭　殷献恩

人首先是一个物质的人，进而才是精神上的人。焦裕禄在艰苦、灾难和连续的工作操劳中，肝病越来越严重了。人要休息，便是钢铁做成的坦克，在激战之后也需修整。便是擎天的铁柱，架海的钢梁，亦会有"金属疲劳"的一刻。然而，焦裕禄这辆日夜参战的"坦克"，

■ 焦裕禄烈士之墓

123

没有得到修整和保养，这根"铁柱钢梁"发生了极度疲劳。尽管如此，这位善拉二胡的乐手在最后的亢奋中，奏出的不是凄楚的《病中吟》，而是激越的《光明行》乐曲。

无论焦裕禄怎样掩饰自己的病重，人们仍然从他的形色精神中看出了大问题：无论开会、作报告或听汇报之时，总见他右脚踏椅，抬高右膝，顶压肝部。而且，他棉袄的第二第三个扣子总是不扣，以左手探入怀中，或握一支笔，或持一茶缸盖，一根秋秸棍，硬硬抵住肝部。他座椅的右侧被顶出来一个大洞。有人劝他进行治疗，他说："年初要安排一年的工作，现在不能住院。"一位有名的中医为他开了个好药方，他一看每帖药要花30元钱，嫌太贵没买。县委的同志背着他取了3帖，竟挨了他的批评："兰考是个灾区，群众的生活很苦，吃这么贵的药，谁咽得下去？"他执意不再买第4帖药。

参加会议之后，身不卸甲，马不停蹄，他同县委连夜开会，传达会议精神，布置工作。病情又加重了，在一天会议上，他以钢笔顶住肋下，头上冒着热汗，然而精神亢奋，语言激越："春节刚过，积雪盖地，寒风刺骨，群众却已经行动起来了。只要我们加强领导，采取切实有效的措施，今年实现自足，明年争取有余，是大有希望的……"

他像孩子般地笑了，犹如在南岗山小学的操场上赛跑夺冠，在乐器演奏中领奏成功，在岗山的林中捉到一只野兔……接着，他下乡检查工作落实情况。往日里，他的车子蹬得风快，如头雁高飞，领一队天兵。那一天，他蹬不动自行车了。在一个上坡的地方，他实在蹬不上去了，下车蹲在了地上，以手抚肝。剧痛袭来，他的脸色蜡黄。

同志们围上来，无言地看着他，无可奈何，无言相劝。一位姓张的干部焦急地建议："还是先回去吧！"

他却突然站了起来，推起车子向前走去："事情等着我们去办！"他没有更多的解释了。

老张是非常负责的，因而语言直率："老焦，你的病很重了，万一出了问题……兰考人民需要你，根治'三害'的工作需要你……"

他竟然笑了起来，好像听到了老张的一句玩笑："我一个人能有那么大的能耐？党和36万人民才是改变灾区面貌的力量嘛！再说我这病，我就不信治不好！"

他好不容易来到了公社，公社书记看到他脸色不对，气色不佳，明知他病又犯了，却不敢说病，只说不忙谈工作，请他先休息一下，他不容商量地说道："我不是来休息的，还是先谈你们的情况吧！"

公社书记的心缩紧了，却只得开始汇报。他气喘吁吁地记录，字写得歪歪扭扭，笔在手中掉下了几次。所有的人都看不下去了，齐声相劝。他站起来，执意要到下边去看看，大概他只相信"工作能减轻病痛"的妙方。刚刚走出大门，一阵强烈的疼痛袭来，几乎使他昏倒在地。在这种情况下，他不得不回县治疗了。

可是，百忙中的他只要肝痛减缓，就东走西奔，根本不能按时到医院打针。为了不使治疗中断，医院安排一位上下班路经县委的护士顺便为他打针。他又意识到这是享受了特权，待注射两次之后，他便坚决谢绝了这个"特殊照顾"。终于，这个忘我的人，这辆钢铁坦克的主机重创了，需要停车修整，紧急救治。焦裕禄被强行送往医院。医生的诊断是客观的：病情严重，必须立即转院治疗。

在转院开封的前夕，他仍牵肠挂肚他身体的一部分——兰考大地"三害"治理。在他的心目中，兰考大地才是身体，他是兰考大地的一部分。在治疗过程中，他找这个谈工作，找那个谈治理，一心要在

最后的灿烂

那生命最后的日子里，完成他生命意义的最后的灿烂。

1964年2月11日至28日，是焦裕禄向党组织和上级领导申请探家的日期，得到了批准。28年了，他一天也没有忘记那个家。28年了，常入梦的家乡里，青山绿水阖家泉，同学民兵雅乐队，砍柴的斧头，杀敌的地雷，村西的小桥与槐树，还有老父老母，白胡子的爷爷。悲惨与欢乐，相交相融。稚气与豪气，生发有根。每每入梦之时，哭醒笑醒。每每忙起之时，归心似箭。但是，他是党的人，是一县之主，36万人之帅，是洛阳、大连、哈尔滨、尉氏县的强将，是兰考大地机体的一个部分，接骨扭筋，血肉相连……

在这个离他最后辞别兰考、辞别人间只有两个月的日子里，他忽然想起来，要回一次老家了，要寻一次根了。这是一个极难解释的问题——究竟是这位离家28年的游子在最后的日子里有了某种预感呢，还是远在千里之外的列祖列宗的魂灵对他开始了召唤？为什么他会在这样的日子突然提出返回故里？假如再晚一个月的时间，事实上他就不能够成行了。他已经不能够自己行走。那么，他还会有机会再回一次生他养他的北崮山吗？假如他辞世之前终于未能寻根一次，那么今天我们评说这位杰出人物之时，是否会有一种莫大的遗憾？亦是与他接骨扭筋、血肉相连的北崮山、南崮山的同学、战友、族家、亲邻，还有老母与兄嫂弟侄们，是否也有同样的痛心与惋惜？

焦裕禄回来了！北崮山的乡人纷纷传讯。三四十岁的所有成年人都还记得这个留着学生头，穿着学生服的文静的白面书生。都还记得这位穿着军衣，挎着盒子枪，吹响冲锋号的英俊的武装干部。在崮山的西侧山脚下，那个依旧平凡，依旧朴素的焦家小院里，传来了乡邻聚首的欢笑。这种欢笑是少有的，大家记忆犹新的是一次次合聚于此的悲哭，一次次合聚于此的哀叹！今天，他们欢笑了，尽管笑迎而来

的不是那种衣锦还乡、八面威风的官相亲戚，尽管少小离家的裕禄并未带出个容光焕发、气宇轩昂的气派——竟是一身素旧，一家素旧衣饰，但那成熟大方、既俊且雅、温文尔雅的妻子徐俊雅，和那形同少年裕禄一样满脸满身透出聪颖、灵秀气质的6个孩子的举止，仍使集聚其家的族人亲戚自豪、骄傲了。

不知是几日的热闹，几日的欢乐，与母亲，与兄嫂侄儿的相叙，与乡邻贴心贴肝，推心置腹的交流叙谈，大家得出了一个共识：焦裕禄就是焦裕禄，对上辈人来说，他仍是一个好后生，有礼貌的孩子；对平辈来说，他仍是一个好兄弟，好榜样；对下辈人来说，他是一个普普通通，朴朴素素，慈心善目的温厚长者……

在整个返故里的过程中，他看望了许多活着的人，也问了许多已谢世的人，说了许多肺腑之言。漫步于山峦原野，他寻找着认识与不认识的坟头，对各种关系的逝去的人，各地各方的在此牺牲的人，致以沉痛的哀悼，对于活着的人的言语，在今日看来颇像孙文"积四十年经验"的遗嘱。对于死者的哀悼，正似有着沉痛的思考："人总是要死的，但死的意义有不同，或轻于鸿毛，或重于泰山……"

自山东老家返回，他似乎是在拼命地工作了。是在和有限的生命赛跑吗？他要干的事情实在是太多了。

3月21日，焦裕禄同县委干部一起，骑自行车去三义砦检查工作。这是他最后一次骑车下乡，与人民亲近、与土地亲近。据跟随他下乡的张思义同志回忆，这一天焦裕禄是非常激动的。正因为有这种激动，他的表现显示出异常：他看着每一行树木，每一道沟渠，每一片庄稼，都露出爱恋的神情，像老人看着可爱的孩子。就在这样的时刻，他的肝病突然地发作了。他已经不能骑车，弯着腰扶住自行车车把，像挂着一根拐棍那样一步步慢行。终于走到了公社，要听公社书

127

记的汇报。他的手又一次颤抖着，几次掉下钢笔。听完汇报后，他还想到侯寨看看拉沙盖碱的情况，看看南马庄的副业生产，看看孟角村的碱地深翻情况。他刚走出公社大门，一阵剧烈的肝疼使他喘不过气来，几乎晕倒，只好赶回县城。

经县医院诊断，是肝病急性发作，必须立即转院治疗。

3月22日，县委决定于当日12点钟，派人护送焦裕禄去开封治病。但是，焦裕禄改变了这一日程，他还要作最后的冲刺，最后的拼搏。他详细地部署了县委的工作，找这个同志谈谈，找那个同志问问，无微不至，九曲回肠，忙了整整的一天。

1964年5月14日9点45分，这位毛主席的好学生，兰考人民的好儿子，中国共产党的优秀党员，县委书记的榜样——焦裕禄，在千人传唱万人悲痛中停止了呼吸。

那是一个晴朗的上午，温暖的初夏的风儿贯过无边的桐林。洁净的白云温柔地揩拭着蓝天，林中鸟儿轻捷地飞上天空，在过林风声的伴奏下，唱出了深情满怀的曲子：

> 泡桐树啊叶叶绿，
> 看见了泡桐树就想起了你……

沉痛的消息穿墙破壁，回荡于兰考大地的黄土沙地，河渠碱洼，无论是种田人还是治"三害"的人们，都在极度的悲伤中双手掩面或坐地号啕。成群的乡村妇女拍着变肥的土地，咒骂苍天无眼，不佑好心人，一边又以乡音的哭调，数落了好心人的好处种种——他领导她们过上了好日子；他为她们送来了救济粮、挡寒衣，他为她们送来了补月子的红糖，治病的大枣与黄豆……

■ 兰考城中泡桐花绽放

　　她们还以有韵的哭调，数说他从塌房之下救出了老妪，从干草捆中救出了病儿。他为她们修了桥，铺了路，心疼那不会说话的哑巴牛，心疼那些善良的养牛人。更重要的是，他把她们领上了一条除"三害"、奔富足的光明大道！

　　（节选自《县委书记的榜样焦裕禄》，山东人民出版社2006年版）

世界的袁隆平

◎ 邓湘子　叶清华

1994年，布朗博士出版了《谁来养活中国》。一时间，西方世界"中国粮食威胁"的论调甚嚣尘上。

实际上，布朗向全世界提出的不仅是"谁来养活中国"的问题，更是"一个养活不了自己的中国将如何危害世界"的问题。

1996年9月，袁隆平在北京参加全国科技十杰表彰大会，在人民大会堂发表了题为《攀登杂交水稻研究新高峰，解决中国人吃饭问题是我毕生的追求》的演讲。他针对布朗博士提出的尖锐命题，在演讲中作出了有力的回答——

我从30多年的杂交水稻育种科研实践中，深深体会到：杂交水稻蕴藏着巨大的增产潜力，我们现在正在从事培育产量更高、米质更好的杂交稻的科技研究，对进一步提高我国水稻的产量和品质具有广阔的发展前景，再加上其他综合增产措施，中国完全有能力解决自己的吃饭问题。

这之后，袁隆平向更高目标发起了冲击——选育超级杂交稻！计划用3～5年时间育成每公顷日产中晚稻100公斤或早稻90公斤、米

质达部颁二级、抗两种以上主要病虫害的超级杂交稻。

　　杂交水稻的奇迹，展示了"中国人能养活中国人"的巨大信心。实践证明：三系法杂交水稻单产比常规稻高20%左右，两系法杂交稻单产又比现有三系法杂交稻增产5%～10%。近年来，全国杂交水稻年种植面积2.3亿亩左右，约占水稻总面积的50%，而产量则占水稻总产的60%。超级杂交稻以每亩增产150公斤，年种植面积2亿亩计算，未来每年将增加300亿公斤粮食。

　　"21世纪谁来养活中国"这一问题提出十多年后，布朗关于中国粮食安全危机的预言非但没有发生，相反，由中国农业科技工作者选育的杂交水稻，已撒播到全球众多的国家和地区。袁隆平给出的答案不容置疑——中国人通过科技进步和共同努力，不仅能养活自己，而且可以帮助发展中国家解决粮食短缺问题。

　　2004年9月，联合国粮农组织确定的"国际稻米年"主题活动——"中国·怀化国际杂交水稻与粮食安全论坛"隆重举行，全球20多个国家和地区的农业科学家、实业家以及稻作文化等领域国际知名人士，就如何有效解决世界粮食安全等问题展开专题论谈。专家们认为，在当前全球工业化进程加快，耕作土地逐年减少，而人口增长率居高不下等形势下，提高粮食单产数量成为人类反饥饿的重要武器。稻米作为世界主要粮食作物之一，具有高产优势的杂交稻，已显示出承担解决世界粮食安全的超强能力。

　　水稻作为全球主要农作物，在世界上120多个国家和地区广为栽培种植，目前全世界有一半以上的人口以稻米为主食。中国杂交水稻研究30多年来一直保持世界领先水平。直至目前，全球水稻平均亩产约200公斤，杂交水稻的推广对粮食生产有着巨大发展空间。

131

袁隆平主持的超级杂交稻尽管已创下亩产1138公斤的世界新纪录，据国际水稻专家预测，杂交水稻的增产潜力并没有走到尽头。研究表明，杂交水稻产量潜力可达每亩2000公斤以上。每亩水稻的产量潜力为：早稻1000公斤，晚稻1200公斤，单季中稻1500公斤。这说明杂交水稻还蕴藏着巨大的增产潜力。国际水稻研究所的专家评说，袁隆平创造杂交水稻，如同创造了一个新的世界神话。

　　杂交水稻的品质也可大为提高。这次论坛上，联合国粮农组织水稻委员会的官员在《世界水稻生产现状和前景》的主题演讲中，热情称赞袁隆平开创的杂交水稻事业，描绘出国际水稻专家联手，发展更多富含锌、硒、碘等微量元素及营养型杂交水稻的新蓝图。来自香港中文大学的中国工程院院士辛世文教授，则以他深厚的理论功底和实践成果，向国际水稻专家们展示了中国香港在杂交水稻育种的分子基

■ 田间水稻种植机械化作业

因领域取得的阶段性成果。

正是基于袁隆平推动杂交水稻发展并对世界粮食安全产生了重大影响，美国科学院院士候选人亚洲区提名组于2005年底进行无记名投票，"杂交水稻之父"袁隆平获得一致支持。美国国家科学院是美国科学界最高荣誉机构，1863年由美国国会立法成立，距今已有140多年历史。随着科学技术在全球政治、经济、军事和外交领域的重要性日益显著，美国科学院逐渐扩展为国家研究理事会、国家工程院和国家医学研究院，这些组织统称"国家科学院"。对多数科学家来说，能够得到的最高荣誉，除诺贝尔奖之外，就是当选为美国国家科学院院士，当选者终生保持荣誉称号。1984年4月30日，著名中国数学家华罗庚教授在华盛顿正式接受美国科学院授予外籍院士的称号。华罗庚教授是美国科学院120年历史上获得这个荣誉称号的第一位中国科学家。此后又有人类学专家贾兰坡（1994年）、免疫学专家巴德年（2005年）等人当选为美国科学院外籍院士。2006年4月，我国纳米科技研究专家白春礼和农业科学家袁隆平正式被选为美国科学院院士。

2007年4月29日，袁隆平在美国华盛顿正式就任美国科学院外籍院士，并出席世界数百名顶级科学家参加的美国科学院院士年会。

这届年会的新院士就职典礼上，世界著名科学家、诺贝尔化学奖获得者、美国科学院院长西瑟罗纳先生——介绍新当选的院士，并宣读他们当选的理由。介绍袁隆平院士的当选理由时，西瑟罗纳先生说：袁隆平先生发明的杂交水稻技术，为世界粮食安全作出了杰出贡献，增产的粮食每年为世界解决了7000万人的吃饭问题。典礼结束时，西瑟罗纳特意走到袁隆平身旁表示祝贺，他说，与会代表在听完袁隆平的当选理由后，鼓掌时间最长，掌声最热烈。一位美国科学家

133

接受记者采访时高兴地说："袁隆平先生太有名了，他的加入，是我们的一种荣耀。"一位加拿大科学家热情地对袁隆平说："你的当选，提高了我们外籍院士的荣誉。"

中国通过自主创新，运用科技手段发展杂交水稻，有效地解决粮食安全。这一成功的途径，已成为联合国粮农组织及国际水稻研究所向世界许多国家推广的模式。美国著名农业经济学家唐·帕尔伯格充分看到了袁隆平的杂交水稻对于解决粮食问题的巨大作用。他在《走向丰衣足食的世界》一书中这样评价说："他给那些保守者上了一堂很有价值的课——东方农业科学的成就已经超越其发源地西方各国。"

人类为了生存与发展，在漫长的历史进程中，不断艰难地探索着前进的道路。科学大师通过自己的艰辛劳动和智慧创造，往往为整个人类开辟出一个又一个新天地。

牛顿从苹果落地现象，发现了万有引力定律，奠定了经典物理学的基础。

爱迪生发明电灯和电话，为人类社会带来光明，开创出信息传播的新方式。

居里夫人从煤渣里提炼出放射性元素——镭，把人类引领到利用原子能量的新时代。

爱因斯坦提出广义相对论和量子力学，为人类认识世界提供了全新的思维和理论。

袁隆平从发现野生的"天然杂交稻"开始，寻找到"雄性不育株"，开创了丰产增收的杂交水稻技术，为人类运用科技手段战胜饥饿找到了有效的办法，他将引导世界人民过上不再饥饿的美好生活。

一粒种子改变世界！这就是袁隆平的杰出贡献！

我爱你，中国

"我们把袁隆平先生称为'杂交水稻之父',因为他的成就不仅是中国的骄傲,也是世界的骄傲。他的成就给人类带来了福音!"这是国际农业界同行、国际水稻所所长斯瓦米纳森博士的由衷赞扬。

"在世界上率先培育成功并广泛种植的杂交水稻,在中国引发了一场水稻生产革命,使水稻产量在一个世纪中增加了2倍。杂交水稻由此从亚洲、非洲到美洲广泛传播,养活了数以千万计的人口。"这是世界粮食奖基金会实事求是的评价。

"袁隆平为中国争取到宝贵的时间,这样也就降低了人口增长率。随着农业科学的发展,饥饿的威胁在退却。袁(隆平)正引导着我们走向一个营养充足的世界。"这是美国著名农业经济学家唐·帕尔伯格的热情肯定。

"袁隆平研究的超级稻,不仅有重大的科学价值,而且为中国人

■ 黑龙江联合收割机收割水稻

世界的袁隆平

135

养活自己作出了重大贡献，现在正走出国门，影响世界。"这是温家宝总理视察国家杂交水稻工程技术研究中心时充满民族自豪感的表达。

袁隆平放眼世界和未来，心中充满美好的向往。他说："我在有生之年有两大愿望：第一个愿望是要把超级杂交水稻培育成功，并且应用在生产上；第二个愿望就是把杂交水稻推向世界，造福全人类。"

虽然已是77岁高龄，袁隆平仍然活跃在育种科研第一线，仍然为杂交水稻技术的更大进步和国际推广而不辞辛劳地奔走。

他是如此专注、坚定而全力以赴地投入，让人们想起老托尔斯泰的话："没有单纯、美好和真理，不成其为伟大。"

袁隆平在整个人类战胜饥饿的漫长历史上，是伟大的科学探索者和奉献者，是40年来不断创造杂交水稻奇迹并且引领世界水稻育种方向的伟大科学家。

他的身影出现的地方，金色的杂交稻种播撒在田地。

他的足迹所到的国度，绿色的水稻大片大片地生长。

他给全球久经饥饿威胁的人们带来绿色的希望和金色的收获。

作为人类饥饿的终结者，来自东方国度的布衣科学家袁隆平，将使世界不再饥饿！

（节选自《不再饥饿》，湖南文艺出版社2007年版）

王选教授的10个梦想

◎ 彭 飞

"我的一生有10个梦想，5个成为现实，另外5个需要我与年轻人共同实现。"2001年度国家最高科学技术奖获得者王选院士在3月19日接受母校北大500万元的奖励后，为实现自己的梦想再一次开始了新的征程。

王选教授长期致力于文字、图形和图像的计算机处理研究，应用自己的发明成果开发了汉字激光照排系统并形成产业，取代了沿用上百年的铅字印刷，推动了中国报业和出版业的跨越式发展，创造了巨大的经济和社会效益。

他的10个梦想都与自己为之奋斗数十载的事业息息相关。前5个梦想——"发展激光照排系统，告别铅与火；发展基于页面描述语言的远程传版，告别报纸传真机；发展开放式彩色桌面出

■ 王选与妻子陈堃銶一起查看汉字激光照排系统输出的排版胶片

137

版系统，告别传统的电子分色机；发展新闻采编和资料检索系统，告别纸和笔；开拓海外华文报业市场"——已经梦想成真，产品在市场上取得了很高的占有率。后5个梦想——"发展激光直接制版，告别软片；开拓日本日文出版系统市场；出版系统的栅格图像处理器进军欧美西文市场；进军广电业；从地图出版系统着手，进入地理信息系统"——正在努力将其变为现实。

"这10个梦想中，只有第一个梦想，即激光照排系统是我具体主持的：负责总体设计，提出正确的技术途径，解决主要技术难关，在第一线做的事情也比其他同志更多；而其他9个梦想，我只是提出大的发展方向、指定负责人、物色优秀的技术骨干，并没有参与解决技术问题。"

2006年，65岁的王选教授如同老骥伏枥，壮心不已。"现在我最大的心愿是把有中国自主知识产权的高新技术产品打入发达国家的市场。我们正在为此而努力奋斗，方正日文和韩文出版系统已开始进入日本、韩国市场，方正在日本已有20多家报社用户。"

站在北大的领奖台上，面对国家和北大奖励自己的两个500万元，王选依旧是那样谦虚："平心而论，我的个人成就远不如同时获奖的黄昆生，我之所以能够获奖，是因为我领导的团队在报业和印刷业的技术革命中作出了贡献。"

相对于丰厚的物质奖励，王选教授更看重自己的精神财富。他在领奖台上的另一番话，让在场的人再一次体会到了"品德"的重量。

他说："小学5年级获得的品德优秀生奖是我一生中第一次获奖，也是永生难忘的一个奖励，我由此懂得了团队精神和人品在人生中的重要性。"

他强调说："要想做好学问，先要做个好人。认识自己的不足，懂得要依靠团队，千方百计地为优秀的年轻人创造条件，使他们脱颖而出，是我能够获得最高科技奖的原因之一。"

（选自《信息记录材料》2006年第2期）

王选教授的10个梦想

"把病人送到我这里来"
——与抗非典英雄钟南山面对面

◎ 张 卉

【背景资料】

钟南山，广东省防治非典型肺炎医疗救护专家指导小组组长，中国工程院院士。1936年生于南京，1960年毕业于北京医学院，1992

■ 时任广州医学院第一附属医院院长、广州呼吸疾病研究所所长钟南山教授在工作

年至2002年任广州医学院院长，现任广州呼吸疾病研究所所长。4月24日，刚刚被全国总工会授予全国五一劳动奖章。

从2002年底开始，钟南山这个名字就与非典型肺炎联系在一起。作为广东省非典型肺炎医疗专家组组长，他参与会诊了第一批非典型肺炎病人，并将这种不明原因的肺炎命名为非典型肺炎，他主持起草了《广东省非典型肺炎病例临床诊断标准》，并提倡国内国际协作，共同攻克非典难关。

作为中国工程院的院士，从接触第一例非典病例开始，67岁的钟南山就以一个战士的形象出现在民众和媒体面前。今天，钟南山通过央视"面对面"栏目与栏目主持人王志讲述自己的"战斗"历程。

面对"非典"不必恐惧

"非典"阻击战打响以来，钟南山院士的忙碌让很多人跟不上他的节奏，为了采访钟南山，记者从北京赶到广州，又从广州追回北京。最后利用钟院士在北京工作的间隙，记者才完成了对他的专访。

记者：说到"非典"，现在全国的情况给人的感觉好像是风声鹤唳，愈演愈烈了。

钟南山：我看不完全是这样。现在，从中央到地方到医疗卫生部门各方面以及全民都很重视，而且采取了适当的预防措施，在这种情况下，不会重复广东的趋势。

记者：那是不是意味着民众对于这种病的恐惧，还要持续相当长的一段时期？

钟南山：我想民众应该对这个病有一个思想准备，但是我并不同意你所说的恐惧。因为恐惧是来自一个对疾病的无知。

怪病首次命名"非典"

就在钟南山接诊了第一例"非典"病人并积极为这个非同一般的病例寻找救治方案的时候，广东省的中山市也出现了相同的病例。1月21日晚上，广东省卫生厅派出以钟南山为组长的专家组赶赴中山市，通过对30多个病人的会诊和抢救，第二天，专家们起草了一份中山市不明原因肺炎的调查报告，在这份报告中，第一次将这种病命名为"非典型性肺炎"。

记者：在抗击"非典"的战役中，你什么时候接诊第一例"非典"病人？

钟南山：第一例"非典"病人去年11月底在佛山被发现，第二、第三例去年12月初是在河源被发现，我接诊的是第二例。

记者：能不能回忆一下当时接诊河源病人的情况？

钟南山：当时我对病人进行了一下体查和分析，发现这个病人发烧并不很严重，其他的器官没什么事儿，但有一个很突出的特点就是肺很硬，就像塑料，没有弹性。我们会诊以后用了很多抗生素，还是不解决问题。所以我们怀疑会不会是急性肺损伤，根据这个判断我们试着用大剂量皮质激素来进行静脉点滴治疗，当时胜算不大，但到了第二天、第三天病人的情况明显好转，这使得我们非常惊奇。后来我们发现，陪伴这两个河源病人来的8个人都感染了，当时就已经感觉到这个病非同一般。

主动请缨接收病人

就在疫情愈演愈烈的时候，身为广州呼吸疾病研究所所长的钟南山主动请缨，提出了一个让人吃惊的大胆要求——把最重的病人送到呼吸所来。于是，钟南山领导的广州呼吸疾病研究所成了广东省非典救治工作的技术核心和攻坚重地，短短的几天之内，60多名危重病

人从各家医院转送过来。

记者：当医务人员大量地被感染的时候，你第一个向省卫生厅提出把最重的病人送到呼吸所来，什么情况下做的这个考虑？

钟南山：我考虑到两个原因，第一是我在呼吸治疗和研究方面从事了30多年的工作，积累了一些经验，另外呼吸所在抢救这些病人方面比较专长，病人在这里抢救成功的机会会多得多。第二，这些病人都是感染比较重的病人，传染性比较强，集中在一个地方相对来说就会使感染的面积减少。

记者：那有没有考虑到如果说没有达到理想的效果所带来的负面影响？

钟南山：我想有考虑，但是更多地我想我们会搞好，因为对这几例的治疗我们不觉得十分困难，所以首先我觉得是有信心的。我做任何事都是这样，只要有一定的把握性，我首先考虑成功而不是考虑失败。

记者：那你怎么跟同事、属下交代呢？

钟南山：我想除了救死扶伤以外，实际上是给我们一个好机会，让我们能够在这方面做一个探讨，能够有一些创新，所以这个跟救死扶伤是一致的，这也是我们的一个动力。

面对同事隐瞒病情

虽然钟南山对自己的身体很有信心，但病魔还是悄悄地向他袭来。2月18日，连续38个小时没有合眼之后，由于过度劳累，钟南山病倒了。但是，作为广东省与"非典"战斗的关键人物，钟南山隐瞒了自己的病情。

记者：当你自己病倒的时候，你为什么不让大家知道呢？

钟南山：我想在那个时候因为任务比较重，各项工作特别是抢救工作也比较繁忙；另外一个我想不要影响大家的情绪，而且我并不是什么大病，只是过度疲劳以后不大舒服，所以休息两天就好了，没有必要向大家讲得太多，这样会影响到我们的工作。

记者：但是对于你一个60多岁的人来说，应该是件严重的事情。

钟南山：我想假如一个人比较超脱，他正在很热衷或者是一心一意去追求一个东西的时候，往往其他很多东西是比较容易克服的，包括身体。我就在那样的一个思想支配下，好像身体也比较快地复原了。

记者：你的家人对你的工作支持吗？

钟南山：我的家人对我应该是非常支持的，他们从来没有对我做这个工作有任何的阻拦。

同事病重深感伤心

在钟南山所长的带动下，广州呼吸疾病研究所空前地团结起来，为了探寻非典型肺炎这个未知数，一共有14名医务人员受到了感染。

记者：你挨个儿去看患者口腔的时候，应该已经知道这个病有强烈的传染性了。

钟南山：是的。

记者：即便你是专家，但是非典型肺炎对于你来说同样也是有很多未知数的，而且危险是一样的，你是怎么考虑个人这种风险的？

钟南山：我知道它有强烈的传染性，从学术的角度我就更想知道它是怎么回事儿，另外我也相信自己，我想身体好的人，不会每个人都得病的。

记者：你身体确实是好，你可以相信你自己的身体，但是你也应该相信自己的年龄。

我爱你，中国

钟南山：我也想过，但是想得不太多，占据我头脑比较多的，还是找到这个未知数。在我的研究所，面临生与死的这种考验，没有一个人要求休假，他们都在工作。有一个医生到现在没出院，他就是在抢救一个做气管插管的病人时被传染的。当时病人需要赶快抢救，他戴了四层口罩给病人做插管，但是过了三天他自己就病了。这位医生发展得很快、很重，他到了极期的时候，呼吸很困难，心跳只有40次，非常痛苦。但当他身体恢复的时候，从来没有说过后悔做了这个工作。

刚才我从电话里得知，现在正在抢救的另一位主任医生今天的情况也很不好，另外还有两个护士也病了。这些同志都是我的好朋友，我觉得是很伤心的。

记者：那当你听到你的同志倒下去，甚至病死，你的心里感受是什么？

钟南山：这是一场没有硝烟的战争。这次是非典型肺炎，说不定下一次就是传染性心肌炎，我相信搞心脏的那些人也会像我们一样站在最前线，他们不会因为怕传染就不做了。

诊断标准成效明显

对于民众谈之色变的非典型肺炎，钟南山一直呼吁大家用正确的态度来对待。2月11日，广东省卫生厅的记者见面会上，钟南山以院士的声誉作担保，告诉大家，"非典"并不可怕，可防、可治。在钟南山的指挥下，广州呼吸疾病研究所逐步摸索出一套行之有效的治疗方案，大大提高了危重病人的成功抢救率，降低了死亡率，而且，明显缩短了病人的治疗时间。这套方案后来被多家医院所采用，成为通用的救治方案。同时，在钟南山的主持下，《广东省非典型肺炎病例临床诊断标准》也很快出台。4月12日，钟南山主持的联合攻关组宣布，从广东非典型肺炎病人器官分泌物分离出2株新型冠状病毒，显示冠状病毒的一个变种可能是非典型肺炎的主要原因。4天之后，这一结果得到世界卫生组织的正式确认。

记者：整个广东省的防治非典型肺炎的诊断标准是怎么出台的？

钟南山：书本上没有现成的参考，所以整个过程是积累了大家共同的经验。

记者：你在中间起到一个什么样的作用？

钟南山：标准不是我写的，但在诊断治疗过程中我起了很重要的作用，另外稿子成文以后我也进行了比较认真的修改。

记者：那这个标准在后来治疗"非典"的过程中起了一个什么样的作用？

钟南山：我想还是起了非常重要的作用，3月以后，死亡的病例是很少的。最近，香港东区医院采用了我们三种手段，包括皮质激素治疗，包括面罩通气，包括及时治疗二重感染，目前在他们收治的75个病人里没有一个死的，只有一个插管，他们认为这个经验是很可取的。

记者：从专家的角度来说，那你有没有一个时间表来控制或者说能够有效地治疗这个病？

钟南山：我只是一个临床大夫。我不能够用我自己的单纯的知识就对它提出一个预料，或者预计这个病什么时候能够控制，什么时候能够做好。但是作为一个临床大夫，我想寻找出比较有效的治疗方法，我相信时间不会很长。

在这一次"面对面"访谈中的经典对话应该是王志出人意料的发问："你关心政治吗？"钟南山显然觉得有点意外，随后还是毫不犹豫地说出了他心里想说的大实话——出人意料，足够深刻，别开生

146

面——"每个人都有自己的政治，对我们这一行的人来说，我想搞好业务工作，这本身就是我们最大的政治。"

（本文为中央电视台"面对面"栏目专访，选自2003年4月26日《北京晚报》，整理者为该报记者张卉）

与死神争夺生命

◎ 李琭璐

四川汶川地震发生之后的72小时，被称为实施救援的黄金72小时。这72小时里，早到一个震区，就意味着带去生命的希望；早到一分钟，就意味着多救出许多生命。5月12日下午开始，从总书记、总理到徒步向震中挺进的战士，从压在断壁残垣下的孤儿到北京街头排队献血的大学生，无数人伸出手、挽起臂膀、迈着步伐、紧握生命，与时间赛跑。中华民族的无数个个体，在这72小时里绽放着人性的光辉、人格的光荣与人道的光芒。

——题记

共和国总理的72小时

我只要这10万群众脱险，这是命令！

——温家宝

这是汶川地震发生后，一位13亿人口大国的总理72小时的日程表：

5月12日下午踏上前往灾区的专机，并在机上研究布置紧急抗震救灾工作

5月12日19时左右抵达四川成都。后前往都江堰指挥工作

5月12日23点40分召开国务院抗震救灾指挥部会议

5月13日上午10时左右再次召开现场会议部署抗震救灾工作。后查看都江堰受灾小学。之后前往德阳

5月13日下午3时左右亲赴灾区参与救援被困儿童，并看望安置群众

5月14日上午8时左右前往北川

5月14日上午10时左右到北川县附近曲山镇察看灾情

5月14日下午赶赴都江堰，并乘直升机前往汶川。在映秀镇察看灾情后飞回成都

5月15日早晨抵达四川北部广元市，后由广元赶往青川

他就是孩子们的温爷爷，是老百姓的好总理，是可亲可敬可以依靠的"大国父亲"。

他爬到断墙上给群众鼓劲，他蹲在瓦砾里给孩子安慰。

这是堪比黄金的72小时，66岁的中国国务院总理温家宝用高效、迅速、果断为中国赢得了强震下拯危救困的宝贵时间。

"救人是第一位的工作！不断努力把他们救出来，不惜采取任何手段，不惜任何代价。房子裂了、塌了，我们还可以再修。只要人在，我们就一定能够渡过难关，战胜这场重大自然灾害。"

在四川汶川的地震抗灾现场，温家宝总理这样表达对救援工作的要求。救人！救人！这个原则被救援人员无数次重复，成为他们的最高准则。

"灾害面前，最重要的是镇定、信心、勇气和强有力的指挥。"

伴随着温家宝总理这次发言的是轻微的飞机引擎声，那个时刻是5月12日16时40分许，距离地震发生两个小时多一点，温总理当时

正在万米高空，正在从北京赶往汶川灾区的专机上。

汶川地震发生仅仅一个半小时后，中共中央总书记胡锦涛立即作出重要指示，要求尽快抢救伤员，保证灾区人民生命安全。国务院总理温家宝立即赶赴灾区指导救灾工作。温总理在专机上对全国人民发表演讲时重点强调的就是镇定、信心、勇气和指挥。

5月12日晚间，中共中央政治局常务委员会召开会议，全面部署当前抗震救灾工作，中共中央总书记胡锦涛主持会议。会议强调，灾情就是命令，时间就是生命。中央决定成立抗震救灾总指挥部，由温家宝同志任总指挥。

民政部会同财政部向四川灾区紧急下拨2亿元中央自然灾害生活补助应急资金。公安部紧急从各地调集消防救援人员和特警各1 000人投入救灾。中国红十字会紧急启动一级响应预案，总会紧急向灾区调拨价值78万余元的救灾物资。国家减灾委针对地震灾情紧急启动一级救灾应急响应。国家卫生部立即组建13支由医疗、疾病预防控制等130名专业人员组成的卫生应急队伍，配备必要装备，驰援灾区。

"千方百计进去，时间越早越好，早一秒钟就可能救活一个人。"

5月12日晚10点多，温家宝总理前往都江堰市灾情严重的中医院和聚源镇中学查看灾情。在聚源镇中学前的广场上，温总理给遗体三鞠躬。

由于震区道路坍塌，不仅无法快速进入灾区援救，更无法得到地震中心区受灾准确情况。温家宝总理强调，务必要在5月13日晚上12点之前打通通往震中灾区的道路，摸清灾情，全面开展抗震、抢险、救人工作。

争取每一秒！为了这一秒，三军总动员！解放军从陆海空三个方

150

向向灾区挺进。5月13日凌晨，总参谋部命令正在空运途中的空降某师，如果成都和绵阳等地的气象条件不符合机降要求，则采取伞降方式，在汶川上空用降落伞直接投送救灾兵力。部队更是连夜组织徒步开进，成都军区某集团军炮兵团副参谋长带领20人的侦察分队徒步开进汶川，了解灾情。

"废墟下哪怕还有一个人，我们都要抢救到底。"

5月12日深夜，温总理前往都江堰的医院、学校看望受灾群众。在一些受灾群众聚集的地方，温家宝爬上残破的断墙向大家介绍了灾情和救灾进展情况。在断墙上，温家宝对着群众保证："解放军要多少兵力就支持多少兵力……只要有一线希望，我们就尽百倍努力，绝不会放松！"

"我不管你们怎么样，我只要这10万群众脱险，这是命令！"

5月13日上午，温总理正在被掩埋的都江堰一个小学废墟的塌方处帮助抢险人员清理砖块。这时，他接到了一个电话，对方汇报说，由于桥梁倒塌，彭州市10万群众被堵在山中，救灾人员和物资都无法运入。这样的情况显然让温总理在感情上无法接受，他在电话里喊出了上述命令，喊完话后，总理立即挂了电话。温总理还向前往汶川的登机部队领导发出指示："我就一句话，是人民在养你们，你们自己看着办。"

"你别哭，你放心！政府会管你们的，政府管你们生活，管你们学习，你们一定会像在自己家里一样。别哭！别哭！这是一场灾难，你们幸存下来，就好好活下去……"

5月13日下午，温家宝总理在四川绵阳九州体育馆地震灾民安置点看望灾民。温总理拉着一个小姑娘的手，安慰着她。温总理说这些话的时候，侧对着镜头，我们看不到他的眼睛，但是他声音里的哽咽

151

■ 5.12汶川地震震中遗址

无法遮挡。那个不停抽泣的小姑娘叫小华，她的父母在这次地震中不幸遇难。小华与班里的43名同学走散了，在福利院里又与同学们聚集到了一起。目前，地震孤儿的问题已经引起了全国广泛关注。

5月14日上午，温家宝总理赶到了地震重灾区北川县。在北川中学救援现场，温家宝面对参加救援的全体人员高声说，北川地区是最为严重的地区之一，你们的痛苦就是我们的痛苦，你们家里失去亲人，我和你们一样心里感到非常沉痛。我们已经派出了解放军、武警官兵、公安民警，总计达到10万人。当前最重要的任务就是尽力救援幸存者，哪怕只有百分之一的希望，也要尽百分之一百的努力。

于是，三军总动员。地面走不通，我们就从空中降落，我们就从水上突进！于是，一支空降部队很快到达茂县和汶川。济南军区某红军师5000多名官兵5月14日上午通过空投到达四川地震灾区，济南军区官兵12小时徒步急行军从都江堰赶赴地震中心区汶川县映秀镇……

"在人民最困难的时候，你们要不怕苦难，不怕牺牲，为了抢救人民群众而贡献自己的一切。人民群众看到消防救援人员、医疗队员，心里就会感到安心、放心，灾区的人民群众把你们当作亲人，你们的一言一行、模范行动就是政府的形象！"

这是5月14日下午，温总理在看望灾区部队官兵、医务工作人员时，用喇叭对着这些救援人员喊出来的话。总理的嗓音有些嘶哑，而围绕在他身边的救援人员眼中都闪烁着泪花。

卫生部组织抽调来自全国的医护人员、救护车，通过多种途径日夜兼程赶赴四川灾区，紧急支援灾区转移伤病人员。截至5月15日晚上7点，10万解放军和武警部队进入汶川救援，5000多名医务工作者在灾区工作。目前，汶川救出伤员6万多人。

5月15日晚8点多，成都军区某工兵团在都江堰紫坪铺水库成功架设四个漕渡门桥，都江堰通往震中汶川映秀镇的水上道路被打通，大型机械和大批部队进入震中汶川映秀镇抢险成为可能。5月15日晚9点多，西线从理县进入汶川的道路被全线打通，救灾物资和车辆可直达汶川县城。

于是，继5月14日进入所有受灾县城以来，解放军和武警官兵5月16日凌晨进入四川受灾较严重的各个乡镇实施救援。"各部队正通过地面、空中、水面以各种方式，向这些乡镇挺进。"截至5月15日24时，子弟兵进入了全部58个乡镇，这58个乡镇的名单是由四川省政府提供的，都是受灾较为严重、需要部队迅速进入的地区。

■ 震后新建的北川新县城

　　毕竟盛世，政通人和。灾祸惨绝人寰，灾区满目疮痍，却无哀鸿遍野。13亿人的体温，13亿人的热血，13亿人的力量。当我们勠力同心、救弱扶倾，风雨同舟，休戚与共，还有什么能被震垮、压倒！

（选自《报告文学》2008年第6期）

治沙人的秋天

◎ 雷抒雁

都说塞上秋来早，9月的宁夏，却看不到一丝秋色的苍凉。

我现在站立的地方，高高的白杨，遮天蔽日。远处，空旷的地方，阳光明亮，那些整齐的低矮植物，绿叶扶疏，衬映着红的、黄的，间或还有白的、蓝的各色花朵。蜂呀、蝶呀，以及起起落落鸣叫着的鸟儿，把那儿当成热闹的舞台，尽情表演着各自的才艺。

信步远行，便见大片大片的果园。那些绿叶茂密、叶下藏着黄脸儿的，是梨子。树身低矮一些，一颗颗拥挤着赤红脸的，是苹果。轻风一吹，果子的甜蜜与清香，阵阵扑来，让人无法抗拒美味的诱惑。

正是摘果子的时节。路边是一筐筐、一堆堆刚采下的各色苹果。装箱的人，正依着果子的大小和成色分门别类地挑选着。看看那纸箱上的字：俄文。知道是要销往俄罗斯的。

听那采果人的歌声、笑声，看那装箱人和红苹果相映的脸色，你会懂得又一个丰收的年成带给人们怎样的欢欣和满足。

这是在哪里？一片世外桃源，让人神清气爽，留连忘返。

王有德用脚踢踢脚下，说：沙漠。10年前这里还是一片沙漠。

我只是吃惊，不会疑惑。面前的这位黑脸汉子，正是这一片面积7.48万公顷土地的主人。说是7.48万公顷的土地，其实，当年，除

155

了少量戈壁，全是沙漠；是毗邻着毛乌素沙漠的荒漠。曾经是白芨滩防沙林场，如今是白芨滩国家级自然保护区。

王有德在这一片沙漠上当各种领导已经20多年了。沙滩里的烈日、狂风以及严寒，在他的脸上刻下了深深的印记。他那一双手，带领着几百名职工，顶着风顶着沙，用一方方草格把流沙捆住；又一棵一棵栽下柠条、沙柳等各种抗旱植物，把流沙钉死，再植下各种果木。年复一年，灰黄的沙漠终于显现出喜人的绿色。

我了解这些治沙的人。30多年前，我曾经生活在宁夏，看见过那些肩扛铁锹、树苗的治沙育林人，日复一日和黄沙较量。每每看到那种场景，我总想起海明威的《老人与海》。当黄沙如海浪，一次次扑向村庄，淹没家园；顽强的人们，便一次次推平黄沙，种草栽树，不肯退

■ 毛乌素沙漠绿化

却。进与退，一场生与死的较量；响成人类精神战胜自然的一支颂歌。

当王有德站在我的面前时，我油然而生敬意，在这漫漫黄沙上建起如此美丽的一片家园，他们创造奇迹。

我们所在的这片大泉治沙实验区，只是白芨滩自然保护区下属的6个管理站中的一个。站长王少云是治沙队伍里成长起来的年轻一代，今年才30岁。小伙子脸色同样是黑黑的，却健康结实。目光里洋溢着热情和智慧。他说：下午，带你们看看真正的沙漠，看看我们治沙的前沿地带。

车子沿着宽阔的道路飞奔。树木渐次稀疏，变成各色抗沙的低矮植物；继续前进，便是沙丘迭起，一片灰黄。终于到了一个叫马家滩的地方。王少云站在那里，眼里闪过一丝凄凉。起伏的沙丘间，时见断垣残壁。远处依稀还能见到一些坟丘，已被黄沙半掩。

王少云告诉我们，他们祖上就曾经住在这里。那时，这里水草丰茂，牛羊成群，住着几百户人家。可是过度的放牧，引起草原沙化，黄沙一步步逼退人家。王少云4岁的时候和全村人一起被迫搬迁到五里坡去住。马家滩便成了他们永远的梦想，永远的记忆和永远的伤痛。王少云说：我爷爷的坟墓还在这里，每年清明，我们全家都要来祭扫。每到祭祀日，村上的老人总要再看看被黄沙吞没的家园，再摸摸孤立着的断垣残壁。

"那时候，我就想，一定要制服沙漠！把那一片并不算秀美，但是蕴含着祖辈情感的家园，夺回来！"王少云说这些话时，声音里有一种铁质，让人感到分量的沉重。我想，他也许不止一次在祖坟前这样宣过誓。

当我们在沙丘间穿行时，一场罕见的秋雨不期而至。我们正为行走的艰难慨叹，王少云却高兴得像孩子。他不断用手机打电话到管理站，问雨到那里没有，又不时抬头看天上的云朵，估摸着这场雨能下多久。嘴里连连嚷着："贵人，贵人！你们带一场雨给我们，比什么礼物都珍贵！"这一场雨，又将使多少草籽发芽，树木生根！这是无数次打湿过治沙人眼睛和酣梦的雨水！王少云站在那里仰着脸，任雨水打湿他的脸、他的嘴唇，似乎要让这难得的雨水滋润自己的整个生命。

　　放眼望去一道道麦草织成的方格，网络般网住沙丘；沙漠静默着接受秋雨的洗礼；偶尔一丛柠条，湿漉漉，呈现亮绿，那样炫目。

　　回程的路上，车旁不断闪过一团团花朵。这些灌木缀满紫红色的小花，丰富而艳丽；在清风细雨中轻轻摇曳，让你想起谁的眼睛，含情脉脉相望。

　　王有德说：大姑娘！这灌木叫花棒，花开得惹人。我们叫它大姑

■ 白芨滩国家自然保护区

娘。车旁又闪过一些低矮的灌木，开着与花棒几乎相同的花色，同样招惹人。王有德说：这是羊柴，我们叫它小姑娘。

多美的植物，多动人的名字！在这些常年与黄沙较量的人的眼里，一棵草，一朵花，都像是一个了不起的英雄，一个有情有义的朋友。

王少云说，今年，他们压草格固流沙差不多有1万亩了。过去靠天植树，一年只栽一季；如今，引来黄河水，一年可栽三季。王有德站在那些沙丘旁，像一个临战的将军，他说：只两三年时间，我们已经让黄沙退后了5公里！不用几年，地图上将抹去这一片沙漠，让它改成绿色！

问起治沙人家的生活，王有德笑而不语，说：你们去家里看看吧！

就在林隙花丛，一座座二层小楼红红绿绿闪耀在阳光下。那楼的式样，像是一座座别墅，十分洋气。这是林场职工的宿舍。楼上楼下，完全现代化设施，走进谁家，都是一片满意夸赞。干净、明亮、舒适、漂亮。房子的设计师是王有德。

王有德说：你不能对不起他们。几十年来，流血、流汗，把沙滩变成了良田，把地狱变成了天堂。他们自己难道不该过上天堂的生活吗？未来他们还要把这里变成公园，供人们观赏。长廊、亭阁已经建起；新修的湖泊正在清底；长桥曲栏，色彩绚丽。不要多久，这一片曾经让人们谈虎色变的沙漠地带，将成为人们心所向往的旅游胜地。

临走时，站长王少云告诉我们一个数字：去年职工人均收入14200元，今年可望达到16000元。他说得轻描淡写，却让我们小小吃了一惊！

我想，难怪，这里有一群治沙上瘾的人！

（选自2006年12月16日《人民日报》）

青年突击队在战"疫"中擦亮名片

◎ 葛李保　周　颖

　　青年有担当，国家有力量。在国家危难之际，总有一代代青年挺身而出，在这次战"疫"中，一批"90后""00后"成长起来，冲锋在前、舍生忘死，彰显青年本色，展现青春担当。在这些青年人中，活跃着一支特别的青年队伍——青年突击队。

响应时代号召，青年突击队冲锋在前

　　1954年1月13日，北京建工胡耀林等18名团员青年在北京展览馆工地举起了全国第一面青年突击队旗帜。30岁的胡耀林是"老大哥"，并且是他们当中唯一的共产党员，便担起了队长的职责。青年突击队成立后要打的第一个硬仗就是支工业馆拱顶模板。结果，他们以181个工日完成了原计划用478个工日支工业馆拱顶模板的任务，为下一工序提前开工创造了条件。

　　他们不怕吃苦、攻坚克难，仅用原计划三分之一时间超额圆满完成任务。据青年突击队队员徐金弟回忆说："第一支青年突击队，可以说完全是被'逼'出来的。"这支突击队的诞生，正是共青团顺应社会需要，响应国家建设号召的结果。

　　2020年初，新冠肺炎疫情在全国肆虐，举国上下打响了抗击疫情阻击战，党有号召、团有行动，青年突击队再次响应时代号召，冲

锋在前。作为共青团的老品牌，在战"疫"中焕发出新活力。

"哪里有困难，哪里就有我们！青年突击队，加油！"南昌大学第二附属医院抗击新冠肺炎援鄂国家医疗队青年突击队35名队员面对着队旗立下铮铮誓言。

"凌晨2点到了300箱物资，谁来搬运？"群里一经呼唤，青年突击队立刻挺身而出。每天进入病房前，大家全副武装，防护服、护目镜、口罩、手套、工作帽等防护用具一个都不能少。几个小时下来，浑身早已湿透，呼吸都很困难，脸上也布满了口罩的压痕。一天忙碌的工作后，青年突击队经常做后勤保障工作，半夜加班完成任务，毫无怨言。

■ 南昌大学第二附属医院抗击新冠肺炎援鄂国家医疗队青年突击队在行动

"我是党员，我又年轻，我先上！"队员胡谦第一时间主动报名入驻重症病区病房，他主动冲向脏活、累活、危险的活，想着多给队友们分担一些任务。"我是来救人的，不是来被照顾的。"23岁的杨悦雯是队里年纪最小的队员，大家都不免要多照顾她，她却毅然拒绝关照，剪去了长发，换上防护服，多次自发加班加点穿梭在病房中。"95后"队员徐清辉，早上5点起床上班到下午3点，饭都没来得及吃一口，还在给病房里的患者送水果、牛奶、饼干，让患者及时改善伙食。

在南昌大学第二附属医院援鄂国家医疗队中，有这么一支队伍，他们平均年龄31岁，年纪最小的仅23岁，他们用年轻的臂膀承担起生命的希望，他们就是南昌大学第二附属医院抗击新冠肺炎援鄂国家医疗队青年突击队。

顺应时代发展，青年突击队在各领域大显身手

在战"疫"中，青年突击队的身影不仅闪耀在防疫一线，更是在各行各业谱写出一曲曲动人的赞歌。

交通运输领域，青年突击队书写"畅"字。南昌铁路局向塘西车站青年突击队由25名小伙子组成，平均年龄27岁，为保障企业复工复产的原材料供应运输通畅，从2月11日开始，连续奋战12天，抢卸物资716吨。卸车工作是个苦差事，这些突击队员们大多都是"90后"独生子，以往没干过啥力气活，每天装卸几十吨货物，不仅要克服身体的劳累，还要适应艰苦的作业环境。今年已经56岁的车站党委书记刘国华，一有空就到现场和小伙子们一块儿干。休整时，大家席地而坐，听刘国华讲2008年雨雪冰冻灾害中车站党员冲锋在前的事迹。听后小伙子们深受触动，向党员看齐的信念更加坚定，有3名队员第二天就向党组织递交了入党申请书。

我爱你，中国

景德镇市邮政公司20位青年员工组成疫情期间的投递配送青年突击队，每天协助邮政各营业部投递配送包裹6 000余件，为疫情期间市民的紧急物资配送提供了重要保障。由4名青年员工组建的蔬菜同城配送青年突击队与本地蔬菜供应商联合，为市民无接触配送生鲜蔬菜，已累计为197户市民提供服务。

医疗物资生产领域，青年突击队凸显"快"字。医护用品物资生产领域是青年突击队的重点"战"区。南昌高新区江西3L医用制品集团股份有限公司成立了170人的口罩生产青年突击队，通过抢时间、比贡献，超负荷工作，口罩日产量由原来日产15万只达到了现在日产20万只。

九江市德安县先后动员了39名青年突击队员经过培训后加入美宝利企业口罩、防护服等生产线上，口罩生产量从日产10万只提升到了20万只，实现了满负荷生产。

能源供应领域，青年突击队突出"安"字。国网抚州供电公司"电小二"青年突击队与时间和疫情赛跑，经过青年突击队和各级人员夜以继日地不懈奋战，2月5日12时30分，"抚州版火神山医院"成功送电，比政府要求的时间提前9天成功送电。国网抚州供电公司"电小二"青年突击队参与并在4小时内新建630千伏安欧式箱变一台，现场敷设3×70高压电缆220米，成功完成电气安装。

南昌燃气集团团委以团支部为基础，迅速组建以团员青年为主的突击队，加强抢修力量配置，组建起14支青年突击队，近120名企业青年坚守在供气一线，保障全市近100万燃气用户的安全用气和灶台上气足火旺。

推动复工复产中，青年突击队注重"实"字。为推动企业复工复产、助力青年就业，团江西省委将工作信号直接传导到村一级团组织，助力解决企业招工难青年就业难。团东乡区委联合人力资源机构组建的青年突击队一方面在网上发布招聘信息，另一方面通过向全区劳动就业人员"煲电话"的方式，连续多日对全区包括青年在内的3万多名以往登记了就业信息的市民逐一电话咨询，告知最新就业政策和招工信息，1000多名青年顺利上岗。这种"非见面"式服务，确保了疫情期间招聘活动"不打烊"。

萍乡市芦溪县工业园青年突击队助力企业复工复产，将园区125家企业和在建项目划分为11个网格，每个网格配备2名队员，对复工企业员工实行健康状况"一人一档"管理，做好疫情防控督导员、指导员、服务员，助力企业复工复产，全县规上工业企业复工率98.2%，省市重点农业企业复产复工率94.9%，省大中型项目及省重点商贸物流企业已全部复工复产。

急难险重新，新时代赋予新内涵

1954年3月19日，《北京日报》第一次公开报道了胡耀林青年突击队事迹，在他们的事迹感召下，北京西郊八大学院、同仁医院等十多项重点工程上都涌现出"青年工地""青年工段""青年突击组"等多种多样适合各自系统特点的青年生产组织和活动形式，形成了以青年突击队为龙头的"青"字号工程。从这时起，青年突击队就不仅仅体现在速度上，不是单纯靠拼体力来超额完成任务。学习文化技术，大搞技术革新，是突击队的重要活动内容和成功的重要原因。特别是1956年党中央发出向科学进军的号召后，突击队中出现了学习文化技术、大搞技术革新的热潮，李瑞环突击队、张百发突击队正是这个热潮的积极倡导者。

如今，全团已形成"号、手、岗、队"等系列"青"字号工作品牌，在此次疫情防控工作中，尤其以青年志愿者、青年文明号和青年

突击队表现突出。三者都是共青团参与疫情防控的有效载体，各有特点又有效协同，青年志愿者工作具有公益性和社会性，青年文明号工作具有职业性和岗位性，而青年突击队工作具有攻坚性和阶段性，围绕着"急难险重新"任务进行攻坚，在重点领域发挥了"尖刀"和"钢枪"作用。

2月19日，江西省疫情防控应急指挥部提出通过"赣服通"向全省线上投放1050万只口罩，省信息中心立即成立"赣服通"口罩投放青年突击队，迅速组织50多名技术骨干，依托"赣服通"平台连夜开发口罩预约申购服务，经过44小时加班加点、连续奋战，成功开发出"赣服通"口罩预约申购平台并实现上线。平台上线后，平台并发量远超平时，信息中心青年突击队立即启动了应急响应预案，攻克技术难题，确保平台24小时"不打烊"。截至2月23日，全省120多万居民通过平台成功预约口罩。

江铃汽车集团改装车股份有限公司团委火速成立青年突击队，放弃春节休假，与时间赛跑，成为全国第一批驰援武汉的负压监护型救护车生产单位。该批次救护车采同ABS一体成型内饰件，使汽车内气压低于外界气压，确保车内病菌不排出车外。从设计方案、绘制各项图纸，到研发设计负压汽车、整车密封性、前驾驶舱与后医疗舱全程隔离的重要技术攻关，突击队队员加班加点、攻克一道道技术难题，确保救护车按时按量交付武汉防疫一线。

新时期，青年突击队不仅能攻坚、善战斗，同时还具有创新精神。防疫期间传统线下志愿服务遭遇瓶颈，南昌大学第二附属医院创新志愿服务形式，在武汉市汉阳区推行了"抗新型冠状病毒"线上支持计划"医社联动安心计划"。该计划采用线上模式，招募志愿者入驻汉阳区各社区网格微信群，每天12小时为社区居民提供线上服务，志愿者分为医务志愿者、心理咨询志愿者、社工志愿者和助理志愿者，服务内容涵盖居民医学科普、心理危机干预、专业社工服务等。

在这场没有硝烟的战争中，各级团组织按照团中央部署在重点领域组建疫情防控青年突击队，树立"在战斗中练兵"的意识，在工作实践中检验和提升共青团组织的组织力、引领力、服务力、贡献度。检验和提升共青团组织，尤其是基层团组织投身疫情防控人民战争、总体战、阻击战的"组织力"；检验和提升共青团组织引导青年响应号召，在实战中担当作为的"引领力"；检验和提升共青团组织关爱青少年，服务青年成长发展的"服务力"；检验和提升共青团组织在党的领导下助力统筹推进疫情防控和经济社会发展工作的"贡献度"，进一步增强广大青年的获得感和团组织在青年中的存在感。

（选自《中国共青团》2020年第5期）

5 我的中国心

"求木之长者，必固其根本；欲流之远者，必浚其泉源。"中华优秀传统文化是中华民族的精神命脉，是涵养社会主义核心价值观的重要源泉，也是我们在世界文化激荡中站稳脚跟的坚实根基。中华文明5000多年绵延不断、经久不衰，在长期演进过程中，形成了中国人看待世界、看待社会、看待人生的独特价值体系、文化内涵和精神品质，这是我们区别于其他国家和民族的根本特征，也铸就了中华民族博采众长的文化自信。

沁园春·雪

◎ 毛泽东

　　北国风光，千里冰封，万里雪飘。望长城内外，惟余莽莽；大河上下，顿失滔滔。山舞银蛇，原驰蜡象，欲与天公试比高。须晴日，看红装素裹，分外妖娆。

　　江山如此多娇，引无数英雄竞折腰。惜秦皇汉武，略输文采；唐宗宋祖，稍逊风骚。一代天骄，成吉思汗，只识弯弓射大雕。俱往矣，数风流人物，还看今朝。

（选自《毛泽东诗词集》，中央文献出版社1996年版）

■ 雪后长城

中　秋　月

◎ 杨　然

今夜只有中国才有月亮
只有中国才有这样大这样明这样圆圆的月亮
这样沉重的月亮，是中国人悬天的魂魄
啊！中秋节

只有中国人在望月，今夜
中国最公开的隐痛啊被叹息的夜色浮动
七月流火之后，母亲又为我们授衣
授第三十五件衣。蟋蟀，又将入我床下
但是古代的泪眼啊还是那么圆睁
望穿历史，望穿岁月
月亮，月亮，从远古照耀现代的中国
今夜中国最动情了
用期盼去填海峡两岸的距离
同时推开的窗，这边岸上的，那边岸上的
集中人类五分之一的目光一齐望月

每张脸，阴了一半，明了一半
碎了的月亮在水里，复圆的月亮在天上
写深深的情思，在浅浅的海面
纵然被水冲走了，还是要写下去，一年又一年
目光飞不过去，就到月面相逢
声音飞不过去，就到海上碰杯
那三十五年没有启封的一瓶酒
还是桂花酿的味，还是菊花染的色
最清醒的一醉，饮出五千年的史记
还记得征人的泪，还记得烽火台下的羌笛
中国的关啊虽不再是汉时的关
天上有飞机，水面有轮船，地下有火车
中国的月啊却还是秦时的月
还是李白举杯相邀，苏轼把酒问天的那一轮
还记得阳关古道杨柳攀折，乐游原上残阳如血
还记得江南又绿两岸，梦醒秦娥伤别
中国的月啊，难道就永远这样离愁别恨
这样照九州的不全，这样幽思声声哽咽？

就到月上暂时相会，月上有海无峡
还有哪一张中国人的脸，不愿飘来镜中相看
那边有阳明山，这边有东岳
那边有日月潭，这边有云梦古泽
总不能把月也锯成两半，怨这祖先遗传的佳节
要怨，就怨这使人平添白发的怀想

171

■ 中秋月

怨这太多太绵缠的乡恋、乡愁、乡情

怨这龙的、凤的、长城的、黄河的相思

怨这父子母女、夫妻兄妹割不断的恩爱

怨吧，最亲最亲的人，是最可怨恨的

只有中国，今夜多梦

月亮的名字丢失了，明月不再叫作明月

而被中国叫作团圆，

今夜中国推开所有的窗，啊！中秋节

（选自《星星》1985年第6期）

172

祖脉的意义

◎ 周 涛

新中国50年，大西北5000岁。

说来惭愧，在大西北生活了近半个世纪，却从未来朝觐过人文初祖的民族圣地——黄帝陵。总是戏称自己是"半个胡儿"，其实哪里是呢？纯种的山西汉人之后裔才是绝不掺假的。我承认，每个民族都

■ 黄帝陵

有为自己的种族自豪的权利，但我更为自己的种姓自豪。我还承认，每个民族都有其优秀的文明品格和多种长处，但世上没有什么种族比中华民族更宽容、更坚韧，更具有深厚的凝聚力、悠长的生命力和长达百年的自我批判的伟大胸襟与勇气。

这才是真正的强者精神和韧性生命。我们并不贬低别人，但我们不朽。作为一个民族，我们的确是不朽的——古希腊、古埃及、巴比伦文明的创造者已经湮灭了，唯有中国仍然硕果仅存。她不仅没有湮灭，而且奇迹般地抗拒了衰朽大势，并且重新焕发出令人瞩目的光彩！

这一切，都深远地系结在黄帝陵之根脉上，都来自她无尽的传递、强韧的生息、永恒的祝福与保佑。

我深感父的尊严与母的慈爱，也深感跨越苍茫时空对祖先遗迹的触摸，这触摸令人产生灵魂深处的颤栗。

寂静与庄严。泥土的芳香与色泽。数人携手而不可环抱之苍松巨柏。毛泽东和蒋介石题词所刻的碑石。这里就是起点，因而也就是最终的共同点；这里的背景是高崖山壁，壤土深厚，这里就是我们的摇篮。

只有到了大西北的华夏源脉，两河源头，才会思考并忽然领悟这样的问题：为什么白种人眼珠是蓝的？头发是金黄的？那是欧洲诸岛周围的海水映蓝的，地中海明媚的阳光染黄的；为什么黑人的皮肤那么黝黑、肌腱那么浑圆？那是赤道非洲的阳光和草原造就的。同样，我们的黑发乌青和黄壤般的皮肤，也是大西北的土地和黄河这些染色体赐予的啊！——所以连我们的祖先也叫"黄帝"。

黄种人，你有秋天的颜色，成熟麦田的颜色和黄金的颜色，你无须骄傲，也不必自卑，你肤色是黄的、和谐的，因为它是和自然一致

我爱你，中国

的。那种贬低别的人种而自命高贵的种群是浅薄的、幼稚的、褊狭的。实际上，这一套在今天已经受到了普遍的鄙弃。

黄土高原正是我们肤色的发祥地，它是矗立在地球上的一座高地，一座充溢着举世闻名、至今令人感到神秘的古老文化的圣地，也是我们永远为之骄傲的源头、自尊的基底、疼痛和奋发的动力源头。

祖脉还有一个特殊的现象值得注意，这似乎含有某种神秘的启示。近百年来中国积弱，在世界文明格局中落伍。八国联军攻陷北京，慈禧一群逃到西安避难；日军攻陷南京，却始终未能攻破潼关；在民族危亡的关键时刻，张、杨于"双十二"兵谏西安城，促蒋联合抗日，陕北又奇迹般地成了中国革命的领导核心。

这些无不与祖脉源地的凝聚力、号召力有关。是它，护佑着、福

■ 甘肃兰州黄河母亲雕像

临着我们，在危难时刻发出无声的召唤，唤醒我们潜藏在血脉中的良知和尊严，让我们一跃而起！

就在离祖脉不远的地方，产生了辉耀世界的盛唐文明。在西安的历史博物馆里，当人们得知如今的西安市占地规模只相当于唐代西安城的1/6时，人们惊奇得难以想象。待看到兵马俑的陈列时，才能略微窥到盛唐宏伟气象之豹尾。

惜呼，全豹已不复能见矣！

因此，任何时候都不要产生20世纪人优越的错觉，不要轻视、小看了伟大祖先的智慧和创造力。如果我们始终记住自己是这种文明创造者的子孙，就会永远从中汲取力量、尊严、智慧和活力。

不管现在有些人怎样苛评郭沫若，但他的那部题为《凤凰涅槃》的天才绝唱，既可作为百年羞耻的总结，也是对未来世纪的预言。诗前小序云："天方国古有神鸟名菲尼克司，满五百岁后，集香木自焚，复从死灰中更生，鲜美异常，不再死。"然后唱道：

我们生动，我们自由，

我们浑雄，我们悠久。

一切的一，悠久。

一的一切，悠久。

"你们已经涅槃了，所以你们不再死。"在祖脉的源头，我听见黄帝陵如是说。

（选自《周涛散文》，人民文学出版社2005年版）

做一个战士

◎巴　金

　　一个年轻的朋友写信问我："应该做一个什么样的人？"我回答他："做一个战士。"

　　另一个朋友问我："怎样对付生活？"我仍旧答道："做一个战士。"

　　《战士颂》的作者曾经写过这样的话："我激荡在这绵绵不息、滂

■ 雪中梅花

177

沱四方的生命洪流中，我就应该追逐这洪流，而且追过它，自己去造更广、更深的洪流。我如果是一盏灯，这灯的用处便是照彻那多量的黑暗。我如果是海潮，便要鼓起波涛去洗涤海边一切陈腐的积物。"

这一段话很恰当地写出了战士的心情。

在这个时代，战士是最需要的。但是，这样的战士并不一定要持枪上战场。他的武器也不一定是枪弹。他的武器还可以是知识、信仰和坚强的意志。他并不一定要流仇敌的血，却能更有把握地致敌人于死命。

战士是永远追求光明的。他并不躺在晴空下享受阳光，却在暗夜里燃起火炬，给人们照亮道路，使他们走向黎明。驱散黑暗，这是战士的任务。他不躲避黑暗，却要面对黑暗，跟躲藏在阴影里的魑魅、魍魉搏斗，他要消灭它们而取得光明。战士是不知道妥协的，他得不到光明便不会停止战斗。

战士是永远年轻的。他不犹豫，不休息。他深入人丛中，找寻苍蝇、毒蚊等等危害人类的东西。他不断地攻击它们，不肯与它们共同生存在一个天空下面。对于战士，生活就是不停的战斗。他不是取得光明而生存，便是带着满身伤疤而死去。在战斗中力量只有增长，信仰只有加强。在战斗中给战士指路的是"未来"，"未来"给人以希望和鼓舞。战士永远不会失去青春的活力。

战士是不知道灰心与绝望的。他甚至在失败的废墟上，还要堆起破碎的砖石重建九级宝塔。任何打击都不能击破战士的意志，只有在死的时候，他才闭上眼睛。

战士是不知道畏缩的。他的脚步很坚定。他看定目标，便一直向前走去。他不怕被绊脚石摔倒，没有一种障碍能使他改变心思。假象绝不能迷住战士的眼睛，支配战士的行动的是信仰。他能够忍受一切艰难、痛苦，而达到他所选定的目标。除非他死，人不能使他放弃工作。

这便是我们现在需要的战士。这样的战士并不一定具有超人的能力，他是一个平凡的人。每个人都可以做战士，只要他有决心，所以我用"做一个战士"的话来激励那些在彷徨、苦闷中的年轻朋友。

（选自《中学生》2006年第17期）

做一个战士

那时，国旗在异国小镇升起

◎ 唐黎标

　　我留学的那所学校坐落在美国缅因州的一个小镇。学校不大，学生却来自各个国家。中国学生有5名，巧了，全是女生，名副其实的"五朵金花"。许舰是我们5个人的头儿。她爱说爱笑爱运动，是体校游泳队出来的。有一回，在学校游泳馆遇到一个美国女生，老独霸一条泳道，许舰刚下去，她就说："你不能在这儿游，这是快道。"

　　许舰立即反问美国女生："你怎么知道你比我快？咱俩比，你快我走，我快你走。"

　　周围的人马上叫好。结果是，许舰领先1/4泳道。你知道游泳比赛领先1/4泳道是啥概念吗？——败者基本算不会游。

　　学校每年春天搞一次隆重的国际街坊节。趁春暖花开，在小镇主要街道广场上，禁止车辆通行，让各国来的师生，穿上民族服装载歌载舞，当街摆摊儿，卖自己国家的食品和工艺品。到那天，各界名流还有方圆多少里的男女老幼都会前来凑热闹，在此欢歌笑语，吃喝玩乐，好像要把整条街、整座小镇翻个底儿朝天。

　　我们5个头天就跑上街，为的是挑选有利地形。我们准备的节目是，穿旗袍炸春卷，外加毛笔字，够中国的吧。把老美的名字翻译成中文写在纸上，5毛钱一份，春卷也5毛，儿童免费。

我们这儿走走那儿看看，踌躇满志嘻嘻哈哈。不知是谁突然说了一句："我好像没看到中国国旗？"广场上空飘满各国国旗，赤橙黄绿青蓝紫，一面面数过，汤加的、吉布提的、摩尔多瓦的……就没有中国的，咋回事儿？

　　大家很疑惑，问这个问那个，一位巴基斯坦女生说，她在这儿读书5载，从未在广场上见过中国国旗。

　　怎么会这样？！我们一下子蒙了，以前从未感到国旗对自己是如此的重要。

　　许舰的脸涨得通红："走，我们找校长当面问清楚。"

　　"找校长？"

　　"对。"许舰拔腿就走。

　　"等等，咱们一块儿去。"

　　美国的大学校长往往是智慧与信誉的象征。尽管如此，白发苍苍的校长先生面对"为什么偏偏没有中国国旗"的提问还是显得很窘迫。

　　"是吗？让我了解一下，保证尽快答复你们。"

　　我们和许舰一起走出校长办公室，在门前的草坪上坐了下来。天渐渐泛黄，当夕阳已在天边闪烁的时候，校长朝我们走来："我为这个疏忽表示歉意。明天一早，你们会在广场上看到中国国旗的。"

　　那本该是个安详的夜晚，人在满足后睡得最甜。可是万万没想到，晚饭过后好一会儿，许舰突然接到了校长秘书的电话，她说，找来找去，就是找不到一面中国国旗。

　　"你是说，明天广场上无法出现中国国旗了？"

　　"是的，不，不是这个意思，我只是说，我们找不到中国国旗。"

　　"如果我借你一面你会挂吗？"许舰问。

"那，当然，当然挂。"

"好，一言为定，明天一早广场上等我。"

"你有国旗？"我们把许舰围起来。许舰红着脸低下头，憋了好一会儿才说："对不起，我没有。"

"没有？那你怎么说有？"

"我就不信找不到一面中国国旗！"

我们开始分头打电话，纽约、波士顿……到所有可能有国旗的地方，最后终于联系上位于波士顿郊外的哈佛大学中国同学会，答应借给我们一面国旗。

"可怎么寄给你们？"电话里的人问许舰。

"麻烦你把国旗放在你家门前的信箱里，我这就去取。"

■ 五星红旗迎风飘扬

"许舰，你疯了？"

许舰笑了笑，说："开车单程5个小时，9小时争取赶回来。你们明早去广场上等我，别忘了帮我带上旗袍和化妆盒儿，咱们广场上见。"

一夜无眠，我们的心一直是悬着的。许舰迷路了吗？吃没吃罚单？饿不饿？可千万别打盹呀……

太阳升起来的时候，广场上的"五朵金花"一个也不少。

许舰把鲜红的五星红旗交到校长手里，就在校长秘书升旗的时刻，我们五姐妹一字排开，请校长帮我们在国旗下合影。

"一，二——"校长喊着。

"等等！"许舰挽起身旁两姐妹的手臂，接着我们每个人都挽起了手臂。

"现在可以了，校长先生。"

天空很美，国旗很美，美得刻骨铭心，撼天动地！

（选自《青年文摘》2007年第4期）

我是中国人！

◎ 瞿世镜

1989年12月7日，晴。睁开眼睛，只见一股阳光从窗户投射进来，洁白的窗幔和被单都染上了一片金黄色。前几天在华盛顿，寒风凛冽，遍地积雪。如今来到伯罗·爱尔多，却是鲜花盛开，温暖如春。多么强烈的反差！看了看手表，我大吃一惊：已将近9点！

我匆匆盥洗一番，往嘴里胡乱塞了几片饼干，下楼来到卡亭顿宾馆的门口，伍尔夫研究会前任主席诺托卢教授已经笑容可掬地站在他的汽车旁边恭候。在途中，他向我介绍当天的活动安排。正在谈论之间，汽车驶进了斯坦福大学校门。只见一条宽敞笔直的大道不断地向前延伸，路旁是两行郁郁葱葱的棕榈树，远处是一排排精致的西班牙式房舍，中间点缀着花草树木和喷水池，别有一番异国情调。难怪人们赞叹：这是美国最美的大学校园！

我来到英语系的大讲堂。这是我在美国各大学第八场专题学术报告，我从不怯场，但这次也难免有点忐忑不安。斯坦福是与哈佛齐名的高等学府，曾经培养出15名诺贝尔奖获得者，该校英文系的英国现代小说研究更是名闻遐迩。今天的听众必定是相当挑剔的。离开场还有十来分钟，讲堂里已座无虚席。美国人的举止向来比较随便，几位姗姗来迟的女学生展开长裙，大大方方地坐在铺了地毯的地板上。

主持会议的诺托卢教授介绍了我的身份和讲题。我清了清喉咙，便大声说道：

"我是一个中国学者，我与苏联学派无关。"

听众们流露出兴奋和期待的目光。

"但我也不属于英美学派。我与英美学者的观点也有分歧。今天我要讲的纯然是一位中国学者的观点。"

听众们脸上显示出惊讶和困惑的表情。

我知道自己已经扣住了听众的心弦，就从容不迫地展开我的论题：从我个人的伍尔夫研究讲到中国文坛对于西方现代文学的3种估评；从伍尔夫的现代小说论讲到中国的古典画论；从西方现代主义文艺的发端和传播讲到东西方文化交流。

"……文化交流是双向而非单轨的，交流的双方都是平等、独立的主体。在人类文化发展的漫长历史过程中，有时西方向东方学习，有时东方向西方学习。这种学习的目的，是为了汲取对方的长处，来丰富和发展本身原有的文化传统，绝不是为了摒弃本身的传统。因此，本人对于那些全盘西化论者的观点，绝不苟同。艺术家如能熔东西方美学的优点于一炉，就有可能创造出形神兼备的新艺术。人们如能汇聚东西方的智慧于一身，就有可能创造出一个更为美好的新世界……"

讲堂里一片寂静。然后爆发出一阵掌声。

"现在诸位可以提问。本人是学者，政治缺乏研究，请提学术问题。"

一位黑头发的年轻姑娘率先发问。我注意到她目光里流露出挑战的神色。

"瞿教授，您是否反对全盘西化？"

"不错。"

"您是否赞成改革开放？"

"赞成。"

"看来您似乎自相矛盾。"

"请问矛盾在何处？"

"中国原来实行社会主义，改革开放搞起了市场经济，将来不是会变成和美国一样的资本主义国家吗？这就是全盘西化！您赞成改革开放而反对全盘西化，岂非自相矛盾？"

我虽然预先声明不谈政治，不料这位姑娘如此咄咄逼人。

"我是学者，请允许我先举一个学术方面的例子来答复这位女士的问题。我刚才曾经谈到，在西方绘画现代化的过程中，西方画家曾向东方画家学习。凡·高是后印象派大师，他曾受日本浮世绘的深刻影响。他的画和以往的西方画很不相同，但仍然是西方画而不是东方画。凡·高并未全盘东化！他是汲取了东方艺术的营养而丰富发展了西方艺术的传统。如果他完全摒弃西方的传统而全盘东化，他就成了一个依样画葫芦的拙劣画匠，绝不是艺术大师。"

听众们频频点头。

"我有3位叔父在1948年前定居美国。他们早已成了美国公民。但他们每天早晨打电话向我87岁的叔祖母请安。每逢除夕，他们必先祭祖，然后才吃年夜饭。这些行为方式，都来自东方文化传统。这说明他们并未全盘西化。提出问题的这位女士，看来也是中华苗裔。莫非她本人已经全盘西化？"

我向那位女士瞥了一眼，只见她满脸通红。

"诸位是否爱好旅游？我想你们是喜欢旅游的。我也喜欢。我们为什么爱好旅游？难道不是因为这个多元的世界是如此丰富多彩？我

186

很乐意到英美来讲学，因为我可以看到许多与中国不同之处。如果按照这位女士的设想，中国的改革开放要使中国背弃社会主义和文化传统，变成一个和美国完全相同的资本主义国家。试问，到那时诸位是否还有雅兴到中国一游？或许这位女士是全盘西化论者。我不想干涉她的思想方式。就我本人而言，中国的文化传统溶化在我的血液中，渗透在我的骨髓里。尽管我是一位研究西方文学的专家，但我是一个地地道道的中国人！"

又是一阵掌声。我发现那位提问的姑娘也在鼓掌。

在晚宴上，诺托卢教授对我说："瞿，雷文贝克教授在我们的会刊上撰文，称您为亚洲伍尔夫研究的领导学者。果然名不虚传。如果斯坦福或其他美国院校聘您当教授，您是否愿意应聘？请不必立即回答。但请您认真加以考虑。"

■ 成都中意文化交流会客厅

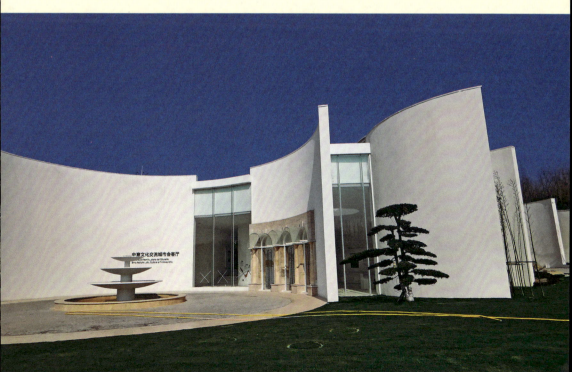

经过一整天紧张的学术和社交活动，我感到有点疲劳，回到宾馆就上床安寝。但我迟迟不能入眠，辗转反侧，浮想联翩：如属短期讲学，可以考虑。长期居留，则不可能。我的事业是文化交流，但交流的立足点在东方而不在西方。西方可以提供我极为优越的物质条件，但离开了中国的文化氛围，我必然会有一种精神上的失落感。我知道我的祖国正面临着困难。我应该回国，和我的父老、兄弟、姊妹们共同分担这困难。因为我是中国人！对！明天我就去预订归国的机票……

（选自《上海人一日》，上海文艺出版社1990年版）

我爱你，中国

最难写的两个字——祖国

◎ 韩美林

下笔写祖国，难上难。

因为这虽然只是两个字，但是她能让我哭让我笑，让我激动不已、狂情乱泄。让我捶胸顿足、仰天长啸，让跪就跪，让磕就磕。

■ 北京天坛

我从来不掉泪，即使落泪，生来也是有数的几次。一些小报和一些不了解我的记者讲我怎么怎么哭了，其实，他们那是高抬我。一个男人家哪里就那么多泪呢？有也不能当着人去淌！

但是有三件事就能牵动我眼泪打转继而流下。

一是祖国，二是母亲，三是老师。

我生长在这块土地上，母亲把我奶大，老师给了我丰富的知识和做人的启示。她们像三级火箭一样把我送上了太空，而她们却落到一个角落，粉身碎骨，无私贡献成就了我。有时我把她们溶在一起来感受、来敬重、来顶礼膜拜！心甘情愿地束手就范、任劳任怨、鞠躬尽瘁。对她们我就像对待上帝、对待神灵、对待宗教，像狂恋一样来尊着、敬着、爱着她们。

我的词藻积存不多，穷人的孩子再天赋的口才也无法形容我到底说中了哪一个词儿来形容对我的祖国、我的母亲和我的老师的那一片真情。

"地大物博""五千年文化""无尽的宝藏"……这几句从小就会背的词，容不下我胸中积淀了几十年对祖国这个母亲所经历的酸、甜、苦、辣，喜、怒、哀、乐。它像火山一样欲喷无着的感悟，想喷都不知道怎么个喷法。一句话，为这"祖国"二字"挺身敢上断头台"岂止一句空话！

惊回首，中国何止一个"投笔从戎"！

横刀立马，赤胆忠心，这个伟大的祖国哪一代没出过几个可杀不可辱的英雄？他们才是中华民族的中流砥柱，是矗立天地的栋梁之材！

我抱着一本《中华民族耻辱史》，不知道是踌躇满志还是喷火怒吼。举着这书，这千千万万投死报国以义灭身的死难同胞和英雄壮士

我爱你，中国

们，连我这人、这魂、这讲不清道不明的积淀了上百年的"国耻"劈头盖脸地向外强、向内奸们砸上去！

中国人民只有一条路：

中华民族，你快快富强起来吧！

1949年10月1日。

苦难的中国人民压抑了几千年，终于理直气壮地喊出一声："中国人民站起来了！"

千年桎梏、内羞外辱，这一个个用人头排起来的历史长河。这饱含了喜怒哀乐、酸甜苦辣的祖国，再也没有不平等条约、半封建半殖民地的枷锁。摆在眼前的最最重大的任务：摩拳擦掌、抖擞精神开始写出她新的历史、新的开端、新的骄傲、新的世界宣言。

"我们战胜了多少苦难，才得到今天的解放……"

这首唱了50年的《歌唱祖国》脍炙人口。中国人民最知道最理解我们今天一切的一切是多么来之不易啊！我今年66岁，听到这歌有多么激动，我讲不好，只有一个动作：抬头、闭目、泪两行！

一个民族、一个国家，她的繁荣与和平绝不是用乞求、投靠得来的，要不挨打、不窝囊只有自力更生。

从来就没有救世主，全靠自己救自己！

如此多娇的江山，不信英雄不辈出、不信天公不抖擞！那些登上历史英雄榜的先烈们，他们看到今天中国人民"拔剑起蒿莱"，"随力报乾坤"的从头越的精神，一定深感不虚人间这一行。

生死一事付鸿毛，人生到此方英杰。

新的长征摆在苦难的中国人面前，为了战胜贫穷摆脱落后，一个个的捷报战果，一个个的失败教训，真是到了倾尽国力也要站起来的

191

地步了。

改革开放，不就是为了彻底改革那些几千年来不得人心腐朽了的国策家规，甩掉那个压弯了腰的"一穷二白"？

十年"文革"，让满腔热情的中国人民走了一段不堪回首的弯路，人的尊严受到过了头的伤害，使十亿人口的祖国再度走向深渊……俱往矣！人们都是向前看，何况这个千古不灭的祖国，这个屹立于世界的文化巨人。

世贸来了，奥运来了，各路投资大军来了……面对这一切，我们这个拥有古老文化的祖国，怎样骄傲地屹立在世界先进文化之林，祖国，我们将怎样选择呢？

站在这900多万平方公里的东方，展望世界，回顾历史，在这新时期、新世纪，不以人们意志为转移的大好时机，中华民族就凭着这灿烂雄厚的古代文明、博大而精深的思想宝库，大文化、大思想、大学说，在世界文化财富中独领风骚的坚实起点，怎么就出现不了大智

 北京

慧、大韬略、大探索而不爆出举世皆知的人间奇迹呢？

但是，我们必须清醒地看到，我们那些不能起飞的另类条件：体制的陈旧、法制的偏瘫、干部的腐败，等等等等。这对转型时期的祖国有着多么大的危害。看看这个祖国身负的这些拖不动、站不起的沉重包袱吧！在这21世纪，中国腾飞最好的时机，她能飞得起来吗？

对那些趁火打劫、顺手牵羊、偷梁换柱、釜底抽薪、挖空心思来算计这个刚刚走向新时期的、从苦难里站起来的母亲——我们的祖国，你能忍心伸出那双贪婪的手吗？将来凭着我们祖国的坚韧、勤劳和勇敢，总有她耗尽心力歪歪斜斜胜利地走到世界先进之巅的时候，那些人对这个伟大的祖国能心无愧怍吗？

但是，那些胸怀祖国、伏案治学、报效母亲的儿女们，将来他们会骄傲地看到，这乱云飞渡一旦过去，万里晴空水落石出的时候，中华民族会灿烂地笑在世界前头，人才精英辈出，中国好儿女齐心团结紧，祖国需要大量中流砥柱的时候，他们就是国家栋梁，人类骄傲！

■ 上海夜景

英雄的人民站起来了，21世纪的祖国将是万紫千红、五光十色。震撼世界的改革开放，一定能改变这"一穷二白"的祖国，一定能让中华儿女在各个领域中发挥才智，为世界人民作出不可磨灭的贡献！

我们将迎接一个接一个的新的挑战、新的选择、新的热血沸腾和宏图大略！

英雄事业凭身造，铁血报国是英豪！

站在中华儿女们后面万丈彩虹里那个微笑的巨人，她就是我们的母亲——祖国。

（选自《教师人文读本》，上海辞书出版社2003年版）

6 铸造中国梦

1992年9月，中央决策实施载人航天工程，并确定了我国载人航天"三步走"的发展战略。

第一步，发射载人飞船，建成初步配套的试验性载人飞船工程，开展空间应用实验；

第二步，突破航天员出舱活动技术、空间飞行器交会对接技术，发射空间实验室，解决有一定规模的、短期有人照料的空间应用问题；

第三步，建造空间站，解决有较大规模的、长期有人照料的空间应用问题。

2010年，中央批准载人空间站工程立项，分为空间实验室任务和空间站任务两个阶段实施。当前，中国载人航天已全面迈入空间站时代。图为2021年4月29日，中国空间站天和核心舱发射升空，准确进入预定轨道，任务取得成功。

李保国：用科学带领贫困村民走上富裕路

◎ 海螺音

整整35年，他的行走足迹始终印在太行山、绕着太行山、贴着太行山。匆匆赶路的身影，定格于莽莽太行、留在了太行百姓心中。

到最穷最苦的地方去

邢台县浆水镇前南峪村，是李保国在太行山区的第一个家。抗战进入最艰苦的相持阶段，中国人民抗日军政大学敌后总部曾驻此两年零两个月，这里的每一户百姓家几乎都住过抗大学员。为粉碎日寇残酷的"拉网大扫荡"，当地百姓与抗大学员一起，写下了同仇敌忾、可歌可泣的悲壮故事。

然而，由于自然条件恶劣，几十年过去，太行山区人民依然贫困。河北农业大学课题组来到前南峪，就是为了考察建立产学研基地，以研究解决那里土壤瘠薄、干旱缺水、"十年九旱不保收""年年造林不见林"的重大难题。

"我是农民的儿子，看不得农民受苦。太行人民为中国革命作出了巨大贡献，作为一名党员，有责任、有义务为太行人民脱贫致富做实事。"在太行这片贫穷而光荣的土地上，李保国立下"初心"，开始奋斗。

后来，李保国妻子郭素萍作为课题组成员带着两岁的儿子也来到

197

前南峪，岳母跟着进山照看孩子。一家4口挤在山上一间低矮阴暗的平板石头房里，一住多年，直到孩子上学。

多年艰苦的观测、爆破、实验，李保国主持的太行山石质山地爆破整地造林技术、"太行山高效益绿化配套技术研究"相继获得成功，核桃、苹果、板栗等经济林成活率从10%提高到90%以上，前南峪成为"太行山最绿的地方"，百姓开始过上了好日子。

"我得去别的地方，别的山里了。你知道我的脾气，我是哪儿穷往哪儿钻，哪儿穷往哪儿跑。"李保国这样对前南峪村党支部书记郭成志说。

像当年抗大学员告别乡亲奔向新战场一样，他挥别了奋战十多年的前南峪，赶往下一站。

村民心中的"科技财神"

1996年8月，一场特大暴雨把邢台市内丘县岗底村冲了个精光，李保国把家搬到了岗底。后来，把将要高考的儿子转到内丘县中学就读。在岗底，他培育出了被评为"中华名果"、北京"奥运专供果品"的富岗苹果。而今，岗底村年人均收入达到3.1万元，成为太行山区闻名的"首富村""小康村"，彻底摘掉了贫困帽子。李保国成了岗底村民心中的"科技财神""荣誉村民"。

20年后，岗底人还记得，这位大教授当年几经转车、自带被褥

■ 富岗苹果

我爱你，中国

卷来到了村里，住的是山上的石板房。特困户杨群小更不会忘记，李保国对他说："你以后的幸福我包了！"

在太行山区，李保国不像个教授，更像个流动工，在前南峪、岗底等地做"长工"，又在各地打"短工"；哪里需要，就去哪里，住在哪里。常常是带瓶水、揣几个馒头就上山、进园了。年均200多天在外、4万公里的行车里程，记录了他旅途为家、大山为家的生活轨迹，他的微信名就叫"老山人"。

太行山上写出最美文章

山区从事农业科研极为艰辛。在前南峪研究爆破整地方法聚土截流，李保国冒着生命危险亲手制作土炸药，一次次亲自点炮、炸石；在临城凤凰岭，为掌握核桃开花授粉的第一手资料，他在核桃林里从早到晚盯上一个月……

"老百姓脱贫需要什么就研究什么。"李保国的科研攻关目标始终明确。"山山岭岭都绿起来，父老乡亲都富起来，我的事业才算成功！"带着这个最大梦想和自我期许，李保国执着于脚下这片土地，志在"把最美的论文写在太行山上"。

30多年来，李保国先后完成山区开发研究成果28项，示范推广了36项标准化实用技术，示范推广面积1080万亩，应用面积1826万亩，增加农业产值35.3亿元，纯增收28.5亿元，10万山区人民脱贫致富……

近年，李保国又根据太行山气候特征，把苹果树形由纺锤形改成垂帘形，更加通风透光，果形更正、着色均匀；针对青壮年进城打工、年老体弱者留村耕种的现状，又推出了一次性整地、架黑光灯诱杀害虫等新技术，省工又省力……他用不断的创新，把最好、最实用的新技术带给老百姓。

■ 李保国在岗底村向村民讲解果树修剪知识

在太行山，李保国不仅是学者，更是创业者。谁能为老百姓做事他就为谁打工，谁能带动一方百姓他就跟谁合作。

这位穿得比农民还农民、脸膛比农民还黑的教授一次次爬上树梢，向果农演示剪枝疏果、枝接芽接……晚上也不闲着，经常在村委会、在村小学教室，用最通俗易懂的语言给果农作技术培训。每次讲课，他首先在黑板上写上自己的手机号码。"就怕你们不找我呢，我24小时开机，我不烦。"他的手机里，存着四五百个农民的电话号码。30多年，他举办培训班800余次，培训果农、技术人员9万多人次。

2006年下半年，李保国去位于长野的日本信州大学做访问学者，那里是富士苹果发源地，拥有一流的果树管理技术，他赶紧让人给岗底村技术员杨双奎办理签证到日本学习，所有费用他给掏。

2010年，岗底191名村民通过考试获得果树工证书，成为全国第一个"持证下田"的村庄。这些村民开始走出太行山，当起了老师，在省内外传授果树栽培经验……

衣带渐宽终不悔

在高校科研与市场经济结合日益密切、大学教授与"老板""公司"日渐关联之时，李保国行走如常、心无旁骛，穿行于纷繁嘈杂，不改"农民教授"本色。

"说是李老师来了，还没见着，人就上山了，跑得可快呢，谁都撵不上。穿个运动鞋，穿着大口袋衣服，里头揣着钢锯和剪刀。""园子谁家的，多少棵树，新树老树多少，家里几口人，他都说得出来，比谁都清楚。"太行百姓眼里的李保国永远如此。

"乡亲们，要是治理失败，我把工资抵押这里""要是套袋减了产，赔了是我的，赚了是大家的"……一次次，为推广新技术，他用自己身家作承诺、做"抵押"。就这样，同样的地，种活了树；同样的树，结出了金果。

30多年来，他为农民提供培训服务从来都是无偿、免费，不收分文，甚至自己垫钱；他培育出多个著名果品，帮助农民和企业育出了大片苗木，自己和家庭没有挣过一分苗木钱；他把自己发明的山地节水灌溉系统专利，无偿送给一家农业灌溉企业，让他们推广出去，服务于民……

"通过我的技术，早一年进入盛果期，一亩地可以增收4 000斤苹果，按一斤苹果卖两元算，一亩地就能增收8 000元，多值啊！"这是李保国心里的"账本"。

作为知名经济林专家，多年来，很多企业找李保国合作。他始终严守"约法三章"：业务可做主；钱一分不收；不做一把手。前提是：成果可复制、可推广、可产业化，能带动农民致富。他所扶持、培育的几十家山区开发样板企业创造了可观经济效益，自己没有分过一份股份、拿过一分红利。

"不为钱来，农民才信你。不为利往，乡亲们才听你的。"李保国说。

李保国是河北农业大学林学院教授、博士生导师，担负为本科、硕士、博士生上课的繁重教学任务。李保国对学生以严格著称：每个新招研究生一入学都会接到他开出的3年学习任务清单，每项都有详细要求和明确完成时间表；对论文要求特别严谨，一个标点都不放过……

严格的教学之外，是一个个感人细节：贫困学生交不起学费，他把刚领的工资全掏了出来；学生夜里一点多给他发去论文，他凌晨四点修改好传回；他课件公开，研究成果公开，邮箱公开，密码公开，谁都能进，人人共享……

本着"生产为科研出题，科研为生产解难"理念，李保国把讲台搬到了田间地头。他的硕士、博士生的专业学习、实习报告、毕业论文都在田野乡间、太行山上完成，没有一人延期毕业；自设立国家奖学金以来，他的所有研究生都获得过国家奖学金，毕业时用人单位都抢着要。

几十年过去，李保国从小伙子变成了"老山人"，长年奔波劳累，透支了他的身体，他患了严重的糖尿病、严重疲劳性心脏病，几度突发心梗。他的行走步履越来越沉重。

"回到家里，他连爬楼的力气都没有了，每晚自己给自己打胰岛素。"妻子郭素萍说，"他知道自己的身体状况，他是怕时间不够，怕少帮了一个扶贫点，辜负一群人的希望。"

在医生、亲人劝说治疗休养无效之下，郭素萍所能做的，是尽可能陪李保国一起跑。

"有一回我们'强制'父亲去医院调养一下。他的手机就一直闪个不停，都是好些个老百姓。我们不让父亲接电话，他就急，怕他急会影响心脏，就让他接电话。没住几天，他就又带上行头去村里了。"李保国的儿子李东奇回忆起父亲，仍旧难掩思念的泪水，父亲收拾行囊离开医院的那幕，现在仍深深烙在他的脑海里。

2016年4月10日，李保国因病在保定逝世，享年58岁。

"李老师走了，但是他还有未完成的事业，还有很多老百姓需要他，我想这也是他生前最大的牵挂。"李保国的爱人郭素萍回想起自己的同事、伴侣眼圈湿润，"我一直会秉持着他以前的路子走下去，继续干，一直干到干不动为止，我想我这么干，也是对他最好的怀念。"

（选自《劳动保障世界》2019年第4期）

西部计划：一部用志愿精神
灌溉西部的青春史

◎ 陈凤莉

在亲友眼里，他有点"傻"，放弃了在家乡山西已经考取的公务员的机会，却一头扎进贵州的大山里，做了一名西部计划志愿者，服务期满就地扎根，一干就是15年。

这就是王波的故事。

4月26日，在"西部志愿行　奉献新时代"2018年大学生志愿服务西部计划全国宣讲会的现场，当他讲起自己在贵州的故事时，很多大学生深受触动。

是什么理由让他放弃优越的生活投身西部？

"需要！"在分享会上，他不止一次用过这个词，他说山里的学校需要老师，西部地区需要人才，能够被需要，他觉得自己很自豪。

事实上，王波只是西部计划志愿者中普通的一员。

2003年，共青团中央、教育部、财政部、人社部四部委联合实施大学生志愿服务西部计划。15年来，共有27万多名高校毕业生参加了西部计划，在全国22个省（区、市）的2100多个县（市、区、旗）开展志愿服务，数以万计的西部计划志愿者通过1至3年的志愿服务，了解了基层，爱上了西部，甚至选择扎根基层。

带着理想西行

这是一个集体大行动。

据了解，2017～2018年度大学生志愿服务西部计划，全国共有1800多所高校近8万名应届毕业生和在读研究生踊跃报名，最终包括2100多名研究生支教团成员在内的18300名西部计划志愿者脱颖而出，他们踏上西部的土地，开始为期1至3年的服务。

西部计划志愿者是一个带着些许理想主义情怀的群体。这种情怀，有的是想去基层锤炼自己的意志和能力，去基层实现自己的人生价值；有的是想去看看外面的世界，充满了对边疆风土人情的好奇和向往。

2015年参加大学生志愿服务西部计划的安文忠属于前者。

"到西部去、到基层去、到祖国和人民最需要的地方去！"对安文忠来说，这可不是一句口号，而是自己实现人生价值的一条路。

那年7月30日，从铜仁职业技术学院农学院设施农业技术专业毕业后，他没有任何犹豫就选择了做西部计划志愿者。他学的是农学专业，他觉得"应该将它用到需要的地方"。在他看来，西部贫困的农村就是最需要他的地方。

于是，他来到了贵州省六盘水市水城县青林乡（青林苗族彝族乡2020年7月划归六盘水市钟山区管辖。——编者注）——一个深度贫困的地方，一待就是3年。

到青林乡几个多月的时间，安文忠走访了全乡4个村，从海拔1450米到2096米，结合自己的专业知识，他摸索出一条发展经济果林脱贫致富的路。在这条路上，他面对过村民的质疑，面对过市场的压力，面对过指导村民种植的繁重工作。两年多时间里，他穿破了3条迷彩裤、3双解放鞋。

■ 世界第一高桥北盘江第一桥

但让他欣慰的是，自己的选择给当地带来了改变：两年多来，他们携手在深山区、石山区、石漠化地区共种植核桃11986亩，覆盖贫困人口456户1824人；种植刺梨11879亩，覆盖贫困人口726户2904人；种植猕猴桃1000亩，覆盖贫困人口127户208人；种植李子5630亩，覆盖贫困人口228户921人；种植人参果8000亩，覆盖贫困人口760户3060人。

回忆起去西部的初衷，几年前留在杨博脑海里的那幅画面依然清晰：夕阳镶着金边的余晖印染天空，一队骆驼在落日的映衬下留下剪影，仿佛能听到远处传来的阵阵驼铃声，皑皑雪山下是广阔如茵的草原。

这是大一时同济大学校园里西部计划志愿者招募的海报，他承认自己被那样的画面吸引了，从那时起，他开始了解西部计划，也在心里种下一粒要做一名西部计划志愿者的种子。

这粒种子在4年以后发芽，他说服了父母，说服了女友，终于让内心的想法变成了行动。2017年，杨博选择休学一年，成为西部计划服务新疆专项志愿者，走进新疆生产建设兵团第十二师。

这一年时间里，他参加了不少团的工作和志愿服务活动，感受到了兵团人艰苦创业的精神，也深刻了解了兵团那段可歌可泣的历史。如今，服务即将期满的他脑海里不再只是那些美丽的风景，更多的是在兵团干事的场景。

"我已经深深地打上了兵团人的烙印，我爱这片土地，我一定还会回来。带着一个能做更多的我，回来。"他说。

大学生与西部共赢

这是一项集实践育人、就业促进、人才流动和助力扶贫为一体的大工程。

西部计划，这个可以提供到西部基层就业实践机会的平台，每年让成千上万的大学生志愿从中东部流向西部地区，最终实现大学生自身的成长和西部地区的发展。不管从哪个角度讲，这都是一项双赢或是多赢的工作。

几乎每一个西部计划志愿者都可以实现这种多赢，他们志愿放弃优渥的生活，放弃城市的工作，换来的是丰富的人生阅历、自身的成长和西部服务地哪怕些微的改变。

因为西部计划，广东女孩邵书琴就放弃了很多。

2013年7月，她选择奔赴西部，到新疆生产建设兵团第三师托云牧场去当一名西部志愿者。那是一个边境一线牧场，地处少数民族边境地区、边疆地区、贫困地区。尽管在当地生活艰苦，连新鲜的蔬菜都吃不上，但她从不抱怨，甚至觉得正是这种生活锤炼了自己。

到牧场服务的第二个月，邵书琴就承担了托云牧场小城镇建设现场观摩会的解说任务。对托云牧场综合情况并不了解的她，靠着一遍遍跑连队踩点、多背多问，用短短两周时间把托云牧场情况烂熟于心，出色地完成了解说任务。

在参加西部计划的一年时间里，她策划主持了两期道德讲堂、一期梦想公开课，组织佳木斯健身操教学，完善了工会帮扶工作管理系统……服务期满后，她选择了留场工作。几年时间里，她连年被牧场党委评为"先进工作者""三八红旗手""爱岗敬业女干部""民族团结先进个人"，利用自身优势牵头运营当地青年创业就业电子商务孵化基地，以助力职工群众多元增收。2016年3月，她成为最年轻的团场基层单位党支部书记；2018年5月，荣获"中国青年五四奖章"……

在邵书琴看来，这并不是自己的成绩，而是西部计划带给她的收获。如今，这个牧场百姓口中的"小邵"早已扎根当地，用自己的力量改变着当地的贫瘠。

不只是邵书琴，15年来，很多西部计划志愿者从中东部城市，追随内心的召唤奔赴西部，贡献了自己的青春，收获了自己的成长。

据统计，西部计划实施以来，数以万计的西部计划志愿者服务期满后，选择扎根当地干事创业。自实施西藏专项、新疆专项以来，期满志愿者留藏率超过30%、留疆率超过40%。

触动心灵，引领人生

这是一份能够触动大学生心灵的事业，在潜移默化中引领着他们的价值观。

在与西部计划志愿者接触的过程中，常常会听到他们说起在西部服务的快乐。"那是一种被需要的快乐，被尊重的快乐，被关心的快乐。"

事实上，这种快乐很多人并非一开始就能体会得到。

来自南开大学的崔国煜，3年前作为西部计划志愿者走进西藏，干的第一件事就是"适应生活"：适应上楼如长跑的缺氧环境，适应用最简单的汉语甚至手语进行交流，还要适应走在路上的牛和睡在路边的狗。

那个时候他体会到的是难和苦，这些他都克服了，并和之后的工作经历在他的人生中留下了深深的痕迹。

在那里，崔国煜是一所藏族小学的支教老师，教学生活中的点滴触动着他。

记得有一次课间操时发苹果，他在操场上开玩笑地和一个孩子说了一句："能不能给我吃一个苹果啊？"

结果等再上课的时候，他发现讲台上多出了十几个大大小小的苹果，孩子们都用小手齐刷刷地指着讲台说："老师，苹果，老师，给你。"原来那个孩子以为崔老师平时吃不到苹果，所以告诉了同学们，大家一起把苹果留给他吃。

"教这些可爱的孩子，我们要加倍努力，教好他们，不能辜负他们一声声稚嫩的'ginla'（藏语老师的意思）。"他在志愿者分享会上这样说。

也正是这些经历让他感受到西部的需要。2017年，崔国煜又一次递交了西部计划申请书，第二次参加西部计划，继续贡献着自己的青春。

在西部计划这条路上，王波甚至想过当逃兵。

15年前刚到服务地——贵州省黔南布依族苗族自治州最偏远的罗甸县时，王波看到狭隘的县城、险峻的山路、破落的学校，他坦言有点失落。

但山里学生对外界知识的渴求、政府和学校对教育的重视、群众及家长对老师的尊重，使王波改变了最初的想法。

一次家访让他至今难忘。女孩家庭特别贫困，母亲是个聋哑人，父亲也没有一技之长，她下面还有两个弟弟，全家五口人挤在一间四处漏风的茅草房里。就在那个家里，他吃到了人生当中唯一一次"鸡蛋宴"。

原来，女孩家里有几只下蛋的老母鸡，就靠卖点土鸡蛋来补贴家用，为了王波，她把家里老母鸡10多天下的40多个土鸡蛋都给收集起来，做了一顿"鸡蛋宴"。在王波看来，这不仅仅是几十个鸡蛋，而是山里孩子和家人的心意，是他们对老师的尊重和对知识的渴望。

支教结束后，王波选择了留在贵州，一干就是15年。

"有一种生活，你没有经历过就不知道其中的艰辛；有一种艰辛，你没有体会过就不知道其中的快乐；有一种快乐，你没有拥有过就不知道其中的纯粹。"这是西部计划志愿者优秀代表冯艾说过的一段话，而其中的含义，几乎所有的西部计划志愿者都有体会。

让爱和志愿精神接力

这是一个接力，15年从未断过。

事实上，这种接力可以追溯到20年前，中国青年志愿者扶贫接力计划研究生支教团项目启动，从那时起，服务西部的志愿精神就一直在传承。

2004年，一个叫徐本禹的小伙子感动了中国，他因在贵州山村支教的故事而获评"感动中国"年度人物。徐本禹的事迹和精神影响了千千万万大学生，很多人因为本禹精神的感召而选择奔赴西部。徐本禹的母校华中农业大学为此专门成立了"本禹志愿服务队"，将"本禹精神"传承推广。

2013年习近平总书记在给"本禹志愿服务队"的回信中说："历史和现实都告诉我们，青年一代有理想、有担当，国家就有前途，民族就有希望，实现中华民族伟大复兴就有源源不断的强大力量。希望你们弘扬奉献、友爱、互助、进步的志愿精神，坚持与祖国同行、为人民奉献，以青春梦想、用实际行动为实现中国梦作出新的更大贡献。"

在2016年大学生志愿服务西部计划优秀志愿者宣讲会上，江西女孩蔡丽萍就曾讲起自己因为徐本禹而走上志愿服务的历程。

2015年大学毕业后，蔡丽萍选择了做一名西部计划志愿者。她的志愿服务地点是新疆喀什，在那里，她所在的志愿小分队曾经遇到过很多家境贫寒的孩子，为了帮助他们，小分队的成员联系了很多人筹集过冬衣物。当这些物资被交到孩子手里时，她觉得心里暖暖的。

"这让我感受到了爱的传递，希望能有更多志愿者加入。"她这样说。

15年来，这样的爱和精神一直在传递。

从中国青年志愿者扶贫接力计划研究生支教团项目，到大学生志愿服务西部计划，一些高校一直在自觉地跑着这场接力赛，北京大学、清华大学、复旦大学、山东大学、中山大学、厦门大学……这些西部计划的参与单位，站在实践育人和助力重大国家战略的高度，大力支持和倡导自己的学生参与西部计划，主动成为西部计划志愿者和服务地的后盾，甚至通过志愿者牵线的校地共建，直接参与到当地的发展中。

"19年的坚守，总是围绕着大山；228人的接力，走过祖国西部的7个省份，对接整合超过1000万元物资、善款，受益师生超9000人次。"这是中山大学研究生支教团交出的答卷。

在西部，他们发挥志愿者自身特长，推动成立校田径队、励志社、翼英社等学生社团，开展口腔义诊、学生干部培训、考前心理辅导等活动；联系对接慈善机构和爱心企事业单位，开展公益项目百余项。

为了让这场接力更顺畅，更持久，从上到下也在探索更好的工作方法，为西部计划志愿者在当地的工作和生活提供更多保障。

中央财政和西部各省地方财政为志愿者提供基本的生活补贴和社会保险；教育部、人社部为志愿者服务期满后升学、就业、创业提供了政策支持；设在各级团委的西部计划项目办，在抓好志愿者招募派遣、教育培训、日常服务管理的同时，引导各地普遍成立西部计划志愿者团支部，为志愿者搭建自我教育、自我服务，相互学习、相互帮助的平台。

15年爱和志愿精神的传承，铸就了当代青年为实现中国梦而奋斗的西部青春史。"我在山区与孩子们朝夕相处，让我亲近大地，熟悉百姓，了解国情。用一年的时间，做一件终生难忘的事。相信会有越来越多的青年投身西部计划，在火热的青春实践中锤炼自我，成就人生，奉献祖国。"正在四川大凉山彝族地区服务的浙江大学第19届研究生支教团昭觉分团团长周亚星说。

（选自2018年6月6日《中国青年报》）

翱 翔 太 空

◎ 陈晓东

一

　　钱学森在美国20年，为中华民族赢得了辉煌的荣誉：他是美国"火箭小组"最早的成员之一；他对美国空军作出了"无法估价的贡献"；他在美国发表了"惊人的火箭理论"；"他是帮助美国成为世界军事强国的科学家的银河中一颗明亮的星"；他是被称为与冯·卡门"齐名"的人。美国专栏作家密尔顿·奥维斯特这样评价他："钱学森是一个骄傲得几乎带有挑衅性的中国人，他为中国的落后技术感到烦恼，他为中国的宏伟悠久的历史文化而感到光荣。他的举止好像他就是中国文明的捍卫者。但他并不是一个种族主义者。"

　　本来钱学森这个人就桀骜不驯，又是美国的大功臣，却在1950年被莫名其妙地扣上了"麦卡锡主义"（共产党员）分子的帽子，这一下激怒了钱学森，他发誓要回到祖国去。美国人当然不允许他这样做。正如当时五角大楼的海军次长金布尔所说："我宁肯把这个家伙枪毙了，也不放他离开美国，钱学森对于我们来说太重要了！他至少也值5个师的兵力……"钱学森在美身陷囹圄的消息，激起了全球正义人士的关注，尤其是祖国同胞的声援。尽管当时新中国与美国没有外交关系，但朝鲜战场的胜利迫使美国人不得不坐下来与新中国代表谈判。后来周恩来曾这样说："这次谈判虽然长期没有积极结果，但是，我们要回来一个钱学森，单就这一件事来说，会谈也是值得的，会谈也是有价值的。"

钱学森于1955年10月8日踏上了祖国的土地。

令钱学森感动的是对他的接待规格之高是他始料不及的。

外交部长陈毅元帅还在他未踏上国土时就派人到深圳罗湖桥口迎接他，并叮嘱一定要保卫他全家的安全。抵京当天，科学院院长郭沫若为他举行了盛大的欢迎宴会。当他在东北参观提出要去哈尔滨军事工程学院会见老朋友时，时任哈军工院长的陈赓大将说："我们军事工程学院是敞开大门欢迎钱学森先生的，对于钱先生来说，我们没有什么密可保。"陈赓本来在北京办公，为了迎接钱学森，他特地从北京专程飞来哈军工主持欢迎仪式。在陪同钱学森参观时，他们两人有这样一段对话：

陈赓：钱先生，你看我们中国人能不能搞导弹？

钱学森斩钉截铁地回答：为什么不能搞？外国人能搞，我们中国人就不能搞？难道中国人比外国人矮一截？

陈赓：好！好！好！我要的就是你这句话。

……

不久，彭德怀元帅接见了钱学森，与他讨论了中国的导弹问题；紧接着周恩来总理、叶剑英元帅都亲切会见了钱学森，并宴请了他和夫人蒋英。钱学森根据周恩来的指示，写了那个著名的《意见书》，即《关于建设我国国防航空工业的意见》（其实就是发展中国导弹、火箭的建议。中国搞"两弹一星"是在极端保密的情况下进行的，连周恩来对邓颖超也保密，所以钱学森只能那样写。）

1956年2月1日，这是钱学森终生难忘的一天。钱学森被请到中

214

南海毛泽东的寓所做客（从这一天起，钱学森成了毛泽东寓所座上宾）。这一天，两人的握手，预示着一个重大决策将在共和国的母腹中孕育。

那天，作陪的有周恩来、彭德怀、聂荣臻、陈赓等，席间，几乎都是毛泽东和钱学森在对话：

毛泽东：学森同志，你那个《意见书》我看了，很好嘛。

钱学森：主席，我刚刚回国，对国内情况不甚了解，我提了不少意见，其中错误一定不少。

毛泽东：你提了不少好建议，怎么是错误呢？

钱学森沉吟着。

毛泽东：你的爱国热情可钦可佩啊！恩来同志、彭老总都向我谈了你的情况，军委会议纪要我也看了，咱们决定搞导弹，你来牵这个头，有信心吗？

钱学森：报告主席，牵头人是聂帅，我只是一个工作人员。

毛泽东：聂帅是主管领导，科学你是带头人，你要挑起这个担子呢！

钱学森：把这么重要的任务交给我，我怕干不好。

毛泽东：世上无难事，只要肯登攀。你钱学森是一个有名的火箭专家，还怕干不好。

钱学森：我一定努力工作。

毛泽东：不是努力不努力的问题，而是一定要把中国的导弹搞出来，这叫争气弹、志气弹！

……

二

由于神舟四号飞船成功发射并回收，中国进入了发射载人飞船的最后阶段。如果中国成功地发射载人飞船，那将在美苏（俄罗斯）之后确立航天开发大国的地位。虽然发射"神舟"飞船没有直接的军事目的，但它与中国增强核导弹战斗力有密切关系。中国虽然反对日美两国的导弹防御计划，但对开发自己的导弹防御系统表现出了兴趣。不妨认为，中国发射"神舟"飞船是开发导弹防御系统技术的一环。

中国正在把发射载人飞船作为国家战略来付诸实施，中国能够在短期内克服发射载人飞船的难题，是这个非凡国家的决心和集中投入资源的成果。

中国重视航天开发的理由尚不清楚，但是可以推测，第一个动机恐怕是在新的战略空间——太空扩大既得权，为将来开发太空争取有利的条件。20世纪各国围绕海洋扩大了势力范围，21世纪太空变成了扩大新的战略国境的舞台。实际上，正如《解放军报》的署名文章《三元战略国境论》指出的那样，除了太空和一部分海洋外，地球上的资源几乎已经开发殆尽，在21世纪进入军事革命时代的背景下，从资源开发的角度上讲，太空是军事领域的新天地。

第二个动机是军事方面的，即增强本国的核导弹战斗力。作为对美遏制力量，中国一直重视增强核武器、导弹和太空战斗力，特别是为了提高核武器的反击能力（对先发制人的报复和反击能力），集中精力开发"东风—31"等移动式导弹，以及进行潜艇的导弹发射试验。中国坚决反对美国的导弹防御计划，是因为它会导致中国的对美遏制力量无效。与此同时，中国自己也在努力开发导弹防御系统。可以认为，发射"神舟"飞船计划是其中的一个环节。

216

中国重视核导弹战斗力的背景是，中国的武器无法与美国在阿富汗反恐战争中展示的尖端武器相提并论，中国争取以战术核武器和导弹战斗力来弥补常规武器的劣势。中国谋求进一步加强导弹战斗力和航天开发。

第三个动机是通过发射一系列"神舟"飞船来提高中国的科学技术水平。中国认识到，要增强综合国力，提高科学技术水平是当务之急。中国把提高科学技术定为国家战略目标。

无论外电怎么猜测和评论，中国的航天计划不会打乱，也不会动摇，她在按照自己的既定方针走，这便是决定2003年10月把自己的航天员送上天。

中国载人航天工程总指挥和总工程师们在神舟四号飞船发射成功的总结会上就这样指出：第四次无人飞行的试验成功，标志着我国921工程无人飞行阶段的结束和载人飞行阶段的开始。现在，实现我国首次载人飞行的光荣任务已经历史性地落到了我们的肩上。

经中央专委批准，我国首次载人飞行将按照"1人1天"的方案实施。苏联首次载人飞行是1人1圈，美国首次是在亚轨道飞行，我们虽然完全具备了2人7天的能力，但为了稳妥可靠，万无一失，第三次中央专委会确定我国首次载人飞行按"1人1天"方案实施。

加加林在飞上太空以前，苏联发射了7次无人飞船，美国发射了21次无人飞船后，才将第一名宇航员送上太空。中国仅仅4次，能行吗？

别担心，航天的老总们自有自己的看法，他们把风险意识放在了第一位，始终保持着清醒的头脑。载人航天工程总指挥李继耐就这样

217

说，唐代名臣魏征在《论时政疏》一文中讲道："思其所以危，则安矣；思其所以乱，则治矣；思其所以亡，则存矣。"古人的警世之言，深刻地阐明了一个道理，就是一定要有忧患意识，居安思危，警钟长鸣，这样才能真正做到"安"和"治"。

2003年10月10日，新华社电讯稿向全世界公布了"中国将进行首次载人航天飞行"，这无疑是一个大胆的举措。以往中国进行的各种航天活动，都是在秘而不宣的情况下进行的，只是成功以后，才向外界透露。这次却提前发布消息，足以证明中国对自己的首次载人航天飞行的自信和有把握。并且把这次发射的一些数据也提前公布于众：

神舟五号发射时间：10月15日至17日。飞船运行在轨道倾角42.2度、近地点高度200公里、远地点高度350公里的椭圆轨道上，实施变轨后，进入343公里的圆轨道。飞船环绕地球运行14圈后，在预定地区着陆。经过严格训练、选拔和考核，担负首次载人航天飞行任务的航天员梯队已经组成，并完成了综合性演练。目前，发射前各项准备工作进展顺利。

三

香港凤凰卫视台2003年10月14日"凤凰早班车"播放：神舟五号飞船上天的航天员已经敲定，他们是杨利伟、翟志刚和聂海胜。这3人是经过科学手段测试证明心理素质最佳人选。到底谁能上天？就看15日至17日发射前3个小时确定谁上了。

在全世界的目光关注神舟五号飞船发射和最想了解谁是中国的第一个太空人时，已被秘密确立为正式"飞天"的杨利伟正在进行最后的准备。

杨利伟在12名航天员中排名第三。说明他被选上航天员的条件就是较好的一个。他来自空军某师，入选航天员时31岁，职务是领航主任。

上午9时许，神舟五号飞船在酒泉卫星发射中心终于发射升空，并成功地进入了预定轨道；与此同时，中国向全世界宣布：中国的第一个太空人是杨利伟！

杨利伟太幸运了，他将成为中华民族的英雄，名垂千古！

■ 2003年10月15日，执行中国首次载人航天飞行任务的杨利伟出发登舱前挥手致意

从电视镜头上，我们看到他在登上飞船前与大家告别时，还是那么潇洒、沉稳、自信。正如他在他的自述中讲的一样，小时候的顽皮、当了飞行员还爱出手打抱不平的性格、始终爱看武侠小说的癖好，成就他成为中国今天无双的"航天大侠"。杨利伟的心理素质是天生的，一切都坦然面对、淡然处之，但一切又那么在意——要干就干好，要争取第一。

10月16日6时23分，神舟五号完成神圣的历史使命返回地球，在内蒙古主着陆场成功着陆；中国航天第一人杨利伟微笑着自主出舱……

杨利伟期待了5年的航天梦终于在2003年10月15日圆了；

中华民族等待了几千年的飞天梦在2003年10月15日圆了！

这是一个多么美妙而又让人掉泪的梦啊！

（节选自《报告文学》2003年第11期）

■ 2022年7月24日，长征五号B火箭将问天实验舱发射升空

袁伟民和中国姑娘

◎ 倪 萍

他没有率领过千军万马，却震撼过亿万人的心灵；他不是将军，但将军们都说他具有大将风度。

——引自鲁光的报告文学《中国姑娘》

我一生有幸，能在中国女排 1984 年即将远征洛杉矶奥运会的前夕，在她们对外完全封闭的日子里，在中国女排的训练基地郴州，和他们朝夕相处了 35 天。这是我生命中重新认识自我、修正自我、改变世界观的一段时光。就在那里，我认识了袁伟民，认识了郎平、张蓉芳、杨锡兰、周晓兰、杨希……认识了全国人民都熟悉的女排姑娘。当时的郴州基地，真是一个与外界完全隔绝的地方，除了排球队的工作人员外，其他任何人一律不准进入。食堂、宿舍、训练场都被一扇高高的铁门关进了院儿里，我们几位演员是为拍摄鲁光同志的报告文学《中国姑娘》而特殊被批准去那里体验生活的。

我们剧组一行悄悄地住进了女排姑娘们的楼下，白天悄悄地看她们训练，悄悄地给她们捡球，晚上悄悄地旁听她们的队会，连同在一个食堂吃饭我们都悄悄地坐在一个角落，生怕因为我们的到来，给她们添一点麻烦，影响她们进军洛杉矶。那时的中国女排已经是两届的

221

奥运冠军了，并且蝉联了世界杯赛的冠军，正是全国人民期盼着她们能三连冠的关键时刻。当时的世界排坛局势非常险峻，美国队势力一直不减，而苏联和古巴队又正处于交替上升阶段，我们的队员年龄偏大，主力队员大部分都有不同程度的伤痛，新替补队员的球技和竞技心理都相对薄弱。女排姑娘们的压力是非常大的，袁伟民更是紧锁双眉，表情冷峻，寡言少语。

我们几位演员的到来给这单调、紧张的基地带来了一丝与训练场不同的情趣，她们开始注意我们了。我们练球，她们在一边偷偷地笑；我们吃饭，她们也在议论我们。

■ 1982年中国女排合影。前排自左至右：张一沛（领队）、张蓉芳（12号）、孙晋芳（9号）、梁艳（2号）、陈招娣（10号）、郑美珠（11号）、杨锡兰（6号）；后排自左至右：袁伟民（教练）、杨希（4号）、陈亚琼（7号）、曹慧英（3号）、郎平（1号）、周晓兰（5号）、姜英（8号）、邓若曾（教练）。

有一天，袁指导对我说："你们再摸7年球才能演排球队员，特别是你，主攻手，我看不行。"袁指导真不客气！我们让他说得都没有信心了，在他面前都不敢碰球。是啊，在世界冠军面前练球，在袁伟民面前练球，这不是自找难堪吗？我和队友迟蓬下决心，每天夜里利用别人休息的时间在房间里对着墙练，有时练到夜里两三点，那股劲儿也和中国女排差不多。我们就是想再在袁指导面前拿起排球的时候不被他笑话。

我们一天天地在郴州待下去，一天天地感受着排球队员的生活，也一天天地写着体验生活的日记，我的本子上每天都有袁伟民的名字。

忘不了，有一天，在训练场上袁指导发火了："不是我袁伟民和你们过不去，是古巴队、苏联队，是海曼、路易斯、冈萨雷斯和你们过不去！"他双臂抱在胸前，满脸通红，网下站着四川姑娘朱玲。"接着来！"他不容分说地把球砸向朱玲，朱玲顽强地在滚翻救球。"再来！"球无情地向朱玲身上掷去。"负三十"，朱玲没有接住球，"负三十一、负三十二、负三十三、负三十四……"袁伟民根本不顾东倒西爬的朱玲是否能接住球，一个劲儿地将球往朱玲身上砸。朱玲竭尽全力在救球，看上去她一点儿劲儿也没有了，她大口大口地喘着气，身上汗如雨注。

女排姑娘们站在一旁替她加油，我已经不寒而栗了，这是什么训练？当年日本的大松博文不就这样吗？袁指导疯了！张蓉芳小声说："袁指导，我替她练一会儿吧。""打比赛的时候，你也能替她？接球！"袁指导更火了，朱玲咬着牙继续接球。

凡是没有接到的球就算负一个，补上负的球朱玲还要再接50个好球，天哪，通往冠军的路是这样的具体，这样的残酷！我屏住呼吸

223

站在一个角落，暗暗替这个四川姑娘加油。

　　一直到晚上吃饭的时间，朱玲还是没有完成任务。厨房的大师傅来了，队医也站在场外，谁也不敢上前求情，朱玲完全不知东南西北了，脸上的汗水、泪水，混在一起流进了我们在场的每一个人的心里。"好球！"袁指导喊着，朱玲开始接球了，她的体力负荷极限过去了，"负十五、负十四、负十三、负十二……"袁指导大汗淋漓地抛球，球似乎也可怜小朱玲了，每个都准确无误地掉到朱玲的手上。"正一个……"训练结束了，朱玲躺在地上一动不动。

　　人们陆续地离开了训练场，场上安静了，空气凝固了。不知过了多久，袁指导走近了朱玲，"干吗？光打雷不下雨？"朱玲哭得更凶了，袁指导扶起了她，"没练够？再来五十？"朱玲泪水凄凄地不理他。袁指导回头指指我，"看看，倪萍在那儿偷看，她要把你这哭鼻子的事写进电视剧里，不就糟了！走，我请你吃水果。"袁指导像父亲一样把朱玲逗乐了，全然没有了训练场上的那副疯狂和冷酷了。

　　这一幕我永生难忘，事后我问袁指导："干嘛要这么凶狠？"他说："每个人都有他的极限，能超越自身极限的人就能往前进一步。如今世界排球大国在技术上都差不多，要竞争的就是耐力，我们不这样训练，就没有出路。"

　　"那你不心疼你的队员？"他半天没回答我的问话。我又追问："是不是教练都这样？"

　　"没有办法，否则就离开这里，不当教练。像你们演员多轻松，没有拿世界冠军的任务。"袁指导的话永远掷地有声。

　　是啊，和女排拼搏相比，我们都活得太轻松了。在她们面前，我们都觉得轻松是一种犯罪，于是我们也给自己加了劲，每天在球场上练到夜里十一二点，胳膊、腿、身上全摔肿了，我们依然觉得无法在

我爱你，中国

未来的影片中表现这些中国姑娘，我们之间的距离太大了。

为了奥运会，国家从上海选派了最好的一级厨师为中国女排安排伙食，顿顿饭菜都是经过严格的科学搭配的。从大菜到小吃，从水果到牛奶，样样齐全。在郴州的日子，每次走进食堂我都尽可能少吃，心里总觉得过意不去，这是国家为世界冠军补贴的伙食，我们又不去打奥运会，也帮不上忙，倒在这儿沾光，真是觉得咽不下。

有一天，走出食堂的门，袁指导对我说："倪萍，你抬头看这门框，发现什么没有？"我注意到门框的上端有一排排油汪汪的东西往下流。

"这是什么？"我问。

"她们以为我不知道呢，我早发现了，这帮丫头，她们把吃不了的黄油都藏在这上面。你看我怎么整治她们。"

我笑了，真聪明，放这么高的地方，一般人可够不着。果然晚上开队会，袁指导让做过这事的姑娘们举手，她们一个没落，全举了。

袁指导语重心长地说："咱们和外国球员相比，身体素质本来就差。黄油你们不习惯吃，可这是任务。国家给我们这么多钱补充营养，我们这样浪费，对得起人民吗？能在这里打球的，你已经不属于自己了，你代表的是中国！"

第二天吃饭时，姑娘们个个都乖乖地吃着给她们分发的黄油，可那副难以吞咽的样子我至今想起来都觉得好笑。

我和姑娘们在一起，除了说排球，最多的话题就是袁指导。我有兴趣，姑娘们更有兴趣。有一天我问，你们见过袁指导哭吗，大家都说没有。张蓉芳在一旁说，他这人真有本事。

于是，我知道了1983年第三届亚洲女子锦标赛在日本发生的事情。这是中国女排第三次去夺取锦标赛的冠军了，出人意料的是，已蝉联两届冠军的中国队竟然在日本的福冈以0：3败给了日本队，亚洲冠军杯被日本队捧走了。日本举国欢腾、上下狂喜。与此同时，远在中国的几千几万台电视机失望地关闭了，每一个中国人心里都不是滋味，大家心里没有输的准备，但中国队确实是输给日本队了，不，应该说是中国输给日本了。不知从什么时候开始，在人们的心里已经把女排和中国用等号划在了一条线上。

袁伟民和中国女排走出了比赛场，没有了往日的欢迎队伍，没有了祝贺的人群，一支亚军队默默地走在日本国道上。

体育馆门口停着一辆豪华大轿车，车下站着一对白发苍苍的老华侨夫妇，老人上前握着袁伟民的手："胜败乃兵家常事，我们全家来接你们了，到家里去吧，明天是中秋节，咱们一块儿过个团圆节……"袁伟民把泪水咽了回去，挥手让姑娘们上车。在老华侨那豪华的客厅里，姑娘们像到了自己家一样，完全放松了。

几位日本的华人富商为中国女排打输了而开了一次"庆功会"，会上姑娘们为老华侨的讲话而动容，大家泣不成声，为自己痛失的这三连冠，也为这些海外的骨肉同胞的真挚情义。轮到袁伟民讲话了，他站在麦克风前许久张不开嘴，好几次泪水涌上眼眶，又低下头把它咽回去，一次次涌，一次次咽，足足三分钟的时间，他终于没哭："相信我们还会把冠军从日本队手中夺回来。"当袁指导说到这儿时，在场的所有人都哭了。

这就是袁伟民，堂堂七尺男儿！

他们说到做到，回到国内，便卧薪尝胆。转年五月，在苏联举办的中、日、美、苏四国女排邀请赛上，中国女排和日本队又交锋了，这次我们以3：0打败了日本，报了福冈的仇！郎平兴致勃勃地告诉我，那天她们把袁指导举到空中抛了好几个来回。

226

体验着拼搏的生活，品尝着拼搏的甘苦，我已经觉得无法表演这些可爱的人了。这些人的心灵给了你生命的启迪。离开郴州，我的魂也留在了这支队伍中。每天从报纸、电视中，寻找她们的消息。奥运会中国女排打比赛那几天，我天天都要盯在电视上了，唯恐落下一个镜头，我全神贯注地盯着她们。中国女排终于胜了！三连冠了！奥运金牌了！当电视上的姑娘们抱在一起时，我已经泪流满面了。

几年之后，袁指导到了国家体委当副主任了，我也改行到电视台当了主持人。每次见面，我们都像老朋友一样，有说不出的亲切。

（节选自《日子》，作家出版社1997年版）

南极六十七天

◎ 陈可雄

能使得这种强烈的、宝石般的火焰一直燃烧着，能保持这种心醉神迷的状态，这是人生的成功。

——W.H.佩特

1984 年 12 月 23 日　阿根廷

乌斯怀亚今晚下了第一场夏雨。

一层蓝殷殷的薄霭罩上这个三面环山的港湾城市。空气清新极了，青黛色的达尔文山，盛长着茵绿的三叶草、蒲公英和山毛榉树。山半腰，900 米处的雪线很明显，一片碎玉般的残雪之上，耸立的山峰裸露出黑色的岩石，宛如戴着一顶冷峻的十字军帽。雪坡草隙中开出一条条长长的滑雪道，颇似它的帽带。

山脚下，城市那无数彩色小积木式的建筑，灯影幢幢。圣诞节将临了，火地岛上，居住在这个地球最南端小城镇的人们，都一家家关门闭户，准备欢度这个神圣的节日。

为了明晨的启航，编队指挥组规定：所有的考察队员和船员一律10 点钟前返船。它意味着，长期的海上生活又要开始了。夜晚，许多人伫立在甲板上，披凉凭栏，默默地眺望着；有的小伙子临上船

228

前，还狠狠地踩了几脚岸土。是的，从上海横跨太平洋，直驶抵南美大陆的顶端，在经历了茫无边际的航行、近一个月的风浪颠簸之后，人们已对陆地油然产生一种眷恋的感情。

但此刻，萦绕在中国考察队员心头的只有一个意念：我们要去南极了。顺比戈尔水道南望，一个雷霆般的声音仿佛已滚过德雷克海峡，在向我们召唤：

"从南极洲最高峰——马里伯德地的无名山眺望你们已经数千年了，中国！"

12月31日

早晨8点钟醒来，空气很新鲜。从睡袋里爬出，好像松绑一样。喝了一碗方便面汤，真香。

雾气已散，又大浪大涌。直到10点半，小艇才接来编队党委成员，及南大洋队、向阳红10号和海军J121船代表，让这些人可以往放入奠基石的小坑里，象征性地铲一锹沙石。

11点钟，正式举行奠基礼。没有任何会场布置。由排列成行的南极洲考察队员手持彩色气球，写上"中国南极长城站奠基仪式"字样。

记者们又"嗡嗡"乱成一团，抢拍镜头。当陈总手持铁锹铲第一锹时，有人还不礼貌地喊道："停住，不要动！让我拍一下。"

乘小艇返回途中，有人盯着手表，突然报道："12点。祖国是元旦了！"一些人发出欢呼，但更多的无言地转脸朝北，仿佛在心里遥祝默念：万里之外，围在电视机旁守岁的亲人们该是快乐的吧？去年北京新年钟声敲响时，东城连西城，鞭炮齐鸣，曾一连放了半个小时，今年想必更热闹了吧？因为城市进入改革，已有一部分人囊中鼓鼓的了……

夜里11点多，经陈总批准，在船上给香港《文汇报》传出一幅登陆照片。通过大西洋的卫星信号特别弱，传了两遍。

1985年1月24日

航船驶至A点（60°S，68°30′W）后，今天掉转船头直插南极圈。这是一个历史性的时刻。

晚上加餐，第一次端上从国内带来的大对虾，每人一个，还有红烧鱼、小排骨、皮蛋等酒菜。正当啤酒冒沫、举杯欲饮时，不知是谁提出壮哉此刻，不可无辞。结果没等他啰唆完，右舷一个涌浪，船朝左倾了。人们还不明白怎么回事，先伸手护住对虾盘子（这是最重要的！）又听左舷訇然一声。只见餐厅里200多人、椅，连同桌上的菜盘、酒瓶，如同决堤飞瀑般地一泻千里，朝右舷飞滑过去。几秒钟后，人们发现自己都七仰八叉躺倒在地上，旁边虾儿、鱼儿擦身"游"过，皮蛋、花生米乱滚，于是大家起身又去疯抢，那镜头令人忍俊不禁。记者里算《人民画报》的老孙最鬼灵，他半躺在地上，就已将三只大对虾剥吃下肚了。一桌酒菜没有吃上口，反而增添了人们接近胜利的喜悦感。南极圈，我们已经听到你的脉跳和呼吸！

这时，风浪已8级，船走"之"字形，拱着前行。人们讲话都悄声轻语的，生怕惊扰了什么。最后30海里航行了5个小时。11点零1分，值班副船长沈阿坤宣布已进入极圈时，许多人在日历、地图或日记本上，填上了这一光辉的时刻。

我独自走上船顶甲板。细雨沥沥，空气清新得像这个世界刚刚创造出来时一样。银灰色的薄雾飘逸着，遮去了喧嚣的海和翻滚的浪花，遮去了远处的冰山，白昼一样的天，和这天上、偶尔俯叫一声又远去的海燕。一切的轮廓都消失了，影影幻幻的，那模糊、那昏昧，

给人一种奇特的感觉，使你深信你已到了一个绝妙的、无与伦比的地方。

今夜的梦，将和这里的梦境融合在一起——我想。

2月7日

又一个值得记忆的日子：我们从莱洛路特角（64°30′S，61°45′W）登上了南极洲大陆本土——南极半岛！

下午1点半，大船在靠近半岛的格洛特海峡放下小艇，由考察队员，船员和记者36人组成一支登陆队，向南极大陆挺进。

这里的山水呈奇姿异彩，风光与乔治岛迥然不同。万古冰川覆盖了整个半岛，使海湾的一切景物都置于一种若明若暗、殷殷发蓝的雪光之中。最奇异的是陈列在湾里的成千上百座冰山，由于风化日蚀，线条十分柔美：牛头马面，啸虎怒狮，形状不一而足，煞是好看。小艇驰过，有一座大冰山还戛然来了个"鹞子翻身"，真惊险。

小艇在离岸四五米处搁浅。我们什么也不顾了，脱下靴子跳下冰海，赤足涉上岸去。以致登岸后，双脚踩在冰凉的岩石上都觉得发烫。

毗海是一片卵石海堤，被海水冲得平刷刷的，隔几步还奇怪地有一条一条笔直的垄沟，据地质师睦良仁说，这是断裂的冰架滑入海时犁出来的。堤后是一池泻湖，清澄碧澈，倒映出湖后一穹冰川。冰川拔高数十丈，上、下分别有日蚀和海蚀的冰洞；洞中笋柱乳状，神雕奇塑，不逊于宜兴著名的两洞。

考察队员们在岸上纷纷凿冰断石，记者忙着照相。突然下起了雨雪，将大家的羽绒衣服都淋湿了。

返回时半身浸在海水里，推搁浅的小艇足足推了十几分钟。我两

231

腿都冻木了，后来上艇全靠别人拽胳膊拉腿，横拖上去。

4点整返回到大船。

2月18日

今天是进入南极天气最好的一天，晴空万里，一碧如洗。我们坐"超皇蜂"号到岛上的智利机场迎候慰问团。

"到南极是我一生中最远的旅行。"团长武衡一跳下飞机便说了一句动感情的话。他指指跟在后面的海军副司令员杨国宇，"我们两位70岁的老翁，代表国内家属专程给你们拜年来了！"

船上、岛上都在读信，阳光照着白皑皑的冰雪，似乎也变得暖融融了。我一共收到9封，有家里亲人的，也有素不相识的读者的。L写了长长的9页，说厦厦很擅比喻了，形容白雪的颜色，会说像"山羊的胡子""林中的蘑菇"和"脸上没洗干净的肥皂泡"。

同时送来的，还有上海和香港的两套《文汇报》。我最关心的自然是国内第四次作协代表大会情况。一打开报纸，便见我素来敬服的新华社郭玲春的报道："巴金将举起'帅旗'，走在中国文学队伍的前列。"另一则报道是："王蒙靠在椅背上轻松地回答外国记者提出的关于中国作家有无创作自由的尖锐问题。"

有一种石破天惊之感。

接到报社总编辑马达长达162字的慰问电。心情特别好。晚上的除夕茶话会上，"水手诗人"徐一龙朗诵了他写的《这是一群值得女人骄傲的男人》，业余歌手石海祥用灌沙子的桔子水瓶作沙器，唱了《我的中国心》。我也出了个节目，将随身带来的儿子的礼物———个点上蜡烛会转动的安琪儿，代表所有的孩子，送给船上所有做父亲的、特别是刚刚当上父亲的（我——报出了他们的名字）和迟早要当

232

父亲的。我说："希望我们都做个好爸爸。"

所有的人都热烈鼓掌。

2月27日

清晨，长城号小艇来。开始拆迁。

将站上的垃圾，集中到西南角专辟的场地上焚烧。回到帐篷已搬卸一空，我趴在充气垫上补记昨天的日记。

透过绑有十字有机玻璃的小窗望去，澄蓝色的海湾格外安宁、恬静，海水轻轻荡漾。对岸企鹅岛上，曾翠绿一时的地衣已呈黯色。远处，层层叠叠的冰川，黑屏幛般的石墙仍高高矗立。它们都静静地望着你，但又沉默无言、声色不动。

要走了。这岛上的每一颗鹅卵石，每一株苔藓，这伴我们度过难忘时日的每一只企鹅，每一头海豹，都使人留恋。还有，你从天上飘

■ 南极企鹅

过的云彩，你喧嚣腾起的浪花，你霏霏洒落的雨丝，你俯视每一踪迹的星河，现在我们要同你们告别了。

2月28日

下起棉絮一样大的雪。纷纷扬扬。

晨5点半，小艇来。撤离的钟声响了。郭琨率全体考察队员，列队在长城站前行礼，算是告别。

小艇缓离。站在岸上的5名留守队员高举起双手，组成一个"V"字。

想到即将返航回到祖国，人们心底里都有一股喜悦的潜流。

回到大船，见人们都在忙碌地备航。仿佛想整理一下思绪，我独自回到舱室里翻书看。一本《世界现代哲学论著》中，有一位德国哲学家的话，引起我的思索：

我们这一代，要比以往受到更大的推动去试着探索生活的神秘面孔，这面孔嘴角上堆满了笑容，但双眼却是忧伤的。是的，让我们努力奔向光明、奔向自由和美；然而却不是抛弃过去，完全去标新立异。我们必须带着旧神去进入每一户新居。……无论是主观的任性也好，自私的取乐也好，都不能使人和生活得到调和。只有把他主人公本人隶属于世界的进程才能促成这种调和。

——威廉·狄尔泰《梦》

上午10点，船长鸣一声，缓缓地退出民防湾。我奔上甲板，许多人已凝立在那里。岛山斑斑驳驳地盖上一层薄雪，一片花白。我心里忽然有一种惆怅的感觉。不知道此生此世，是否还能再度重来。

长城站——乔治岛，像构成地壳的板块一样，深嵌入我的脑海中，组合在我的生命里。

（节选自《人民文学》1985年第6期）

南极六十七天

 南极

天堑变通途

◎ 李木生　王昌尧

是谁把登天之梯叠然打开？是谁让万里关山一朝贯通？

当中国北部的万里长城在历史风雨的剥蚀下渐次老去的时候，中国的西部却崛起了一条关涉着中华民族复兴大业、被世界称之为人类文明史上最大奇迹之一的钢铁大动脉——青藏铁路。

孙中山—毛泽东—江泽民，西宁—格尔木—拉萨，祁连山—昆仑

■ 青藏铁路

山一唐古拉山。从20世纪的1958年9月1日正式动工，到2006年7月1日全线贯通通车，这条横跨两个世纪的伟大工程，在近50年的时间里，曾经经历过三下四上的艰苦卓绝却又百折不挠的悲壮历程。

更令世人惊叹不已的，是在这近半个世纪"四上"历史抉择之中，共和国四次全都选中了同一支队伍——铁道兵第十师和由铁十师兵改工而来的中铁二十局集团。

呼唤：中华民族的世纪之梦

2000年11月10日深夜11时，江泽民为铁道部部长傅志寰呈交的修建青藏铁路的专题报告，挥笔写下了长达三页的批示：修建青藏铁路十分必要，我们应该下决心尽快开工修建，这是我们进入21世纪的一个重大决策。2001年2月8日，朱镕基主持召开国务院总理办公会，认为修建青藏铁路二期工程条件已经成熟，批准铁路上马。

总书记这里所说的是青藏铁路的二期工程，从青海格尔木至西藏拉萨，全长1118公里；第一期工程西宁至格尔木，全长814公里，已于1984年投入运营。

总书记与总理一定是从现实与历史的深处，听到了一个绵长而又急迫的呼唤。青藏铁路，青藏铁路，一个世纪之梦，是这样牵动着一代又一代的中华儿女。

还在上个世纪之初，孙中山先生就在他的建国方略中提出了修建青藏铁路的构想。在他这一构想之中，青藏铁路的终点站竟然还要从拉萨往北往南分别伸向更加遥远的地方——往北跨越冈底斯山，穿越辽阔藏北，直达阿里首府狮泉河，往南则要横跨雅鲁藏布江，过山南，直抵六世达赖仓央嘉措的故乡、喜马拉雅山南坡的达旺。

就是这个诞生了六世达赖的中国的达旺镇，1951年2月6日却被印度军队公然占领。就因为他们已将铁路、机场、战备公路修到了哨卡之前，印军就以为可以有恃无恐了。

　　还是在这一年，刚刚取得政权不久的中国共产党人，分别在8月26日和12月18日，派西北军区部队护送班禅返藏和供应物资进藏。护送供藏物资的队伍12月1日到达拉萨，而护送班禅返藏的队伍，则在第二年的4月28日才到达拉萨。两次行动，出动部队1500多名、驮工近4000名，共投入军马5000多匹、骡子2700多头、牦牛1.5万多头、骆驼3.6万多峰（当时整个青海省也只有9600头骆驼）。这是在没路的地方跋涉，这是在布满着无数自然关隘的世界屋脊上长征。两次行动共有4万头牲口死于路途，而作为最有耐力、被称为沙漠之舟的骆驼竟然损失了9/10。时间仅仅过去一年，又一次以骆驼为主的惨烈的运输行动不得不火速进行。1953年春，进藏的第十八军即将

■ 青藏铁路

断粮，中共中央还是命令西北军区不惜一切代价送粮进藏。又是3万峰骆驼组成的运输大队踯躅在风雪之中。虽然每前进500米就有10头骆驼倒下，这条蹒跚向前的运输大队，还是在风雪中不停地前进，前进。因为这不仅关系着十八军将士的生死存亡，还关系着新生西藏的生死存亡。当56天之后将救命粮运抵拉萨时，三次进藏行动的总指挥慕生忠将军陷入了深长的思索之中。这位身上有着21处战争伤疤的将军，这位早已将自己的生死置之度外的将军，却不得不让目光再次越过布达拉宫的高墙，投向那以驼、马、骡、牦牛的白骨连成的运输之路。就是将全中国的牲口全都累死在这高原之上，也无法保障西藏的货物运输。何况在这牲口的白骨间，还迤逦着自己的战士与驮工兄弟的白骨啊！那支在驼队中怆然而生的歌谣，又在他的心头响起了："头上只有天大，脚下只有地大，走西藏的路上苦大，滴过的眼泪比太阳还大。"

于是这位传奇将军，便用烧红的火钩在一把铁镐的木柄上烙下"慕生忠之墓"五个字，之后就带着彭德怀拨给的10名工兵和1500公斤炸药、3000件工兵铁镐，领着1200名驮工，用了七个月零两天，于1954年12月15日修成了青藏公路，在历史上留下了"青藏公路之父"的美名。庆祝青藏公路通车这天，毛泽东高兴地喝了酒。只是喝了酒的毛泽东也没有想到，有两位将军竟然与他有着一样的心思：1955年，慕生忠又石破天惊般地向中央建议组建青藏铁路工程局；而另一位将军、铁道兵司令员王震则直接走进中南海毛泽东的书房，当面向毛泽东立下了要将铁路修到喜马拉雅山的军令状。

青藏铁路，这个撞击得中国人心潮难平的憧憬，终于要从梦想变成悲怆而又英勇的实践。而这一伟大工程的"主攻者"，却要等到一个偶然的契机，才会隆重登场。

239

1959年3月19日，西藏叛乱武装向驻拉萨的人民解放军发动武装进攻，22日，解放军彻底扫平了叛乱。28日，周恩来总理发布命令，解散策动叛乱的西藏地方政府，由西藏自治区筹委会行使地方政府权力。此刻，对于青藏铁路的急需，是这样清晰又这样沉重地凸显在中华民族面前，犹如雪中的炭、雨中的伞，不，它就是一个贫血生命所急需的血液！于是，共和国想到了这支曾经在朝鲜战场上立下了不朽功勋的英雄部队。4月9日，铁道兵第十师遵照中央军委的命令，火速开赴青藏高原，担负青藏铁路一期泉吉至格尔木段178.4公里施工任务，并派出47团二连执行高原冻土层铁路路基工程试验任务。而这一试验，正是为几十年后打开青藏铁路全线贯通大门的一把至关重要的钥匙。

　　从此，铁十师的命运便与青藏铁路紧紧地连在了一起。

　　1962年12月，当青藏铁路二次上马的时候，共和国再次选择了铁十师。1963年3月，铁十师二上青藏线，担负青藏铁路一期海晏至克土段干线、海湖支线施工任务。1964年10月17日，工程全部竣工移交。而青藏铁路的第三次上马，却在10年之后了。

　　1973年12月9日，毛泽东会见尼泊尔国王比兰德拉时，许下了要将青藏铁路修到拉萨、修到喜马拉雅山脚下的中尼边境的诺言，并说："青藏铁路修不好，我睡不着觉。"

　　距青藏铁路第二次上马的10年之后，共和国再次选择了铁十师。1974年3月4日，铁十师3.4万人奉命三上青藏线。10年超出常人想象的艰难奋战，终于于1984年一举完成青藏铁路一期哈尔盖至连湖段419.8公里的铁路修建任务。其间，铁十师二上风火山，它的五十团十三连连续3年在海拔5010米的"生命禁区"，与科研单位一起共同进行冻土施工试验，被铁道部命名为"风火山尖兵连"并记集体二

等功。

三上雪域高原，承建了青藏铁路一期工程814公里中的697.78公里，连同数万官兵的青春和201名烈士的生命，一同献于高原之上。在西宁至格尔木之间运行的列车，曾经在好长一段时间里，总会在路过这些烈士陵园的时候长鸣不已。这一声声响遏流云的鸣笛，既是在向献身的烈士致敬，也是向生者的呼唤，提醒他们还有青藏铁路的二期工程在急切地等待着。

但是世界级的三大难题在面前横亘着：550公里的多年冻土，影响着亚洲乃至世界生态变化的高原环境保护，960公里处在海拔4000米以上的高寒缺氧地区。那个美国的旅行家保罗·泰鲁就曾断言说："有昆仑山脉在，铁路永远到不了拉萨。"

这支队伍在执着地盼望着。高原之上的烈士更在日夜不宁地盼望着。

尽管几十年间，国家向西藏补助达四五百亿元，但是资源富饶的西藏却依然贫困，不足200亿元的国内生产总值一直在全国排在最后一名。公路运输不仅成本太高，还没有保障。如在西宁160元一吨的煤，运到拉萨竟要640元一吨。唐古拉山乡原党委书记芮藏，曾经因为见到这支队伍在风火山上的铁路试验而兴奋得天天梦见火车。他甚至把这些投进了生命也要为青藏铁路留下科学而又准确数据的人，当成自己最亲的亲人。后来见到试验的人走了，又听说风火山薄薄的土层下全是冰，修不了铁路，芮藏竟哭了几天几夜。之后，芮藏在痛苦的梦里，总会看见从遥远的天边，飘来战士那翠翠的绿色。还有西藏自治区副主席巴桑的哭声。他曾找到中科院兰州冻土研究所的吴紫汪教授，哭着问他："你是最权威的冻土专家，你说说青藏铁路到底能不能通过冻土关？要是能看到西藏有铁路的那一天，我死而无憾。"

241

嗷嗷待哺的高原在盼望着。

终于盼来了历史性的时刻：2001年2月7日，中华人民共和国国务院批准青藏铁路二期工程正式立项。

圆梦：21世纪世界第一高隧风火山隧道

2001年10月18日，青藏铁路的科技代表工程——风火山隧道打响了正洞施工的第一炮。一炮过后，炸开的竟然几乎全是寒光闪烁的冰块，含土量只有15%～20%。典型的含土冰层，被专家视为隧道施工的绝对"禁区"。施工中，震动大，冰层极易破碎；震动小，冰层又会"无动于衷"。即使恰到好处，若温度过低，混凝土喷护就会因结冰脱落，达不到封闭围岩的目的，继而还会严重影响到隧道的喷护和衬砌质量；若温度过高，冻土岩层就会遇热而发生热融，掘进和支护就难以进行，甚至还会造成塌方。而施工人员的严重缺氧，已经并正在威胁着施工人员的身体健康，也对施工效率造成了巨大阻碍。

高寒缺氧、冻土施工、环境保护，三大世界级难题迎面逼来。

但是况成明和他率领的勇士们创造了奇迹。

2002年10月18日早上8时，中铁二十局集团青藏铁路建设指挥部党委书记、风火山有名的"老汉"陈文珍，带领公安人员拿着手铐来到隧道施工现场。整个青藏铁路的焦点之战风火山隧道即将贯通。进口出口两个已经进行了整整一年劳动竞赛的隧道队，都在憋足了劲，要放最后贯通的一炮。由任文祥为队长的一队摩拳擦掌，由任少强任队长的二队跃跃欲试。就在两队争执不下时，"坐镇"现场的陈文珍发话了：一切听从指挥，谁敢乱来就立刻把谁铐起。大家心里清楚，他的心里也激动着呢。只是没人镇住是不行的。

还剩下最后6米，按常规一炮只能炸开4米。二队的副队长罗宗帆将风枪杆悄悄加长了2米，一炮，通了。

通了，终于通了！共和国等了半个世纪，青藏高原等了半个世纪，这支四上高原的队伍更是等了盼了半个世纪的时刻终于到来了！谁又会在意谁放的最后一炮，所有的施工人员全都处于忘我的极度兴奋之中。这是世纪与世纪的贯通，这是大海与高原的贯通，这是生命与生命的贯通，那付出的青春付出的汗水付出的生命，全都在这一刻得到百倍的报偿。

欢呼与泪水早已在隧道之中更在每一个人的心里如春潮一般涨满了。

被称为"风火山老汉"的陈文珍，曾经是当年那个被中央军委命名为"风火山尖兵连"的技术员。他以局领导班子成员的身份出任指挥部党委书记，却以兄长的态度对待风火山上的每一位职工。他的话，都听。刚到风火山时，高原反应折磨着每一个人，头痛欲裂，连夜失眠，食欲全无，有的甚至动过逃走的念头。有一位实在受不了，找到他说："陈老汉，我不要钱，要下去。"陈文珍不唱高调，只拉家常一样似的一句"兄弟，你肯定行，有我老汉陪你怕啥？"就让动摇的心立时畅快起来也坚定起来。是的，一个50开外的人都能在风火山上笑眯眯地待着，年轻力壮的还有什么怕头？他成了风火山人的主心骨，因为他的那双眼睛看见了大家的苦乐，并以兄长般的温暖、关怀去慰抚对方或痛苦或寂寞或恐慌或焦虑的心。比如他有了风火山上周末包饺子的"发明"。看似平常，却在大家有说有笑的"集体活动"里融进了春风般的亲情。在这种欢乐与亲情中，有了团结，有了理解，也有了友爱，就连"高原反应"也会"退避三舍"。

"陈老汉"身体其实有病，可是风火山隧道打通的那会儿，在工地现场他从18日早晨8点一直站到19日凌晨1点半，17个小时下来

243

却一点也不觉得累，下来还高兴得破天荒"违纪"喝了半斤五粮液。

2002年10月20日，国家青藏铁路建设领导小组在给党中央、国务院的喜报中写道：2002年10月19日，世界海拔最高隧道、青藏铁路重点难点工程风火山隧道，经中铁二十局集团建设者一年艰苦鏖战，胜利贯通，这是青藏铁路建设攻坚战取得的又一成果，它攻克了冻岩爆破、低温混凝土灌注等10多项世界级技术难题，达到国内外高原冻土隧道施工的领先水平。

对于世界级三大难题中"高原冻土"与"高原缺氧"的攻克，指挥长况成明简洁而又十分专业地作了介绍："为了解决冻土围岩热融滑塌和衬砌混凝土需保温养生的矛盾，我们大胆创新，投资数百万元，与石家庄铁道学院共同研制了两台大型隧道空调机组，把洞内的温度控制在正负5摄氏度以内，既防止了冻土隧道因热融而导致塌方的可能，又解决了洞内温度低、混凝土不能正常养生的质量隐患。一年来，我们和多家科研单位合作，相继攻克了浅埋冻土隧道进洞、冰岩光爆、含土冰层热融控制与喷护、冻土防水隔热、冻土地质开挖与喷护的温度调节与控制、高寒条件下混凝土入模温度控制、沙石料预热及保温等20多项世界性高原冻土施工方面的重大科研难题，使风火山隧道自2001年10月开工至2002年10月贯通的一年时间里，未发生一起塌方的安全质量事故，铁道部专家称之为'中国铁路建设史上的一个奇迹'。我们成功解决高原冻土施工难题，被评为'2002年公众关注的中国十大科技事件'之一。与'冻土'难题被攻克的同时，另一个世界级难题的'缺氧'问题也被我们一举攻克。我们与北京科技大学联合，投资近千万元建成了3座世界上海拔最高的医用制氧站，实现了隧道内弥漫式供氧和宿舍内氧气瓶供氧，从根本上解决了施工和生活缺氧问题，这一科研成果，在青藏铁路被全线推广，经国

244

家级专家论证，达到世界领先水平，并获得‘2002年中国高校十大科技进展项目’"。

对此，由工程院院士王梦恕等6位院士领衔的鉴定委员会给予了确凿无疑的鉴定："青藏铁路风火山隧道处于高寒、缺氧，环境恶劣、大气压55 Kpa，氧分压低于生命极限，被称为在生命禁区中修建隧道，具有许多常规修建隧道不同的难点与特点，课题组从8个方面进行配套技术的研究和实践，创造了单口掘进最高104米/月施工纪录，平均月成洞96米，提前10个月贯通了风火山隧道，且不渗、不漏、不裂，质量优良，施工中无一人因高原病死亡，无一等级事故发生、高原病发病率最低，其成果对国内外类似工程的建设具有重大意义，可以推广使用。"

于是，风火山隧道的施工与中国科学家揭开人类细胞衰老之谜，神舟三号、四号飞船发射成功并圆满返回等事件一起被评为"2002年公众关注的中国十大科技事件"和"2002年中国高校十大科技进展"之后，二十局集团并就这一项目向吉尼斯世界纪录总部递交了申请。经过两年多的公示和相关机构人员严格的审查，风火山隧道又以不争的事实获此荣誉。

科学为他们的理想、抱负插上了腾飞的翅膀，而在重大实践当中运用科学并拓展科学的领域，又使他们拥有了高远的眼界与非凡的胆魄。大获成功的风火山人，一刻也没有忘记为研制建造大型制氧站，北京科技大学的刘应书教授穿着军大衣，像民工一样在隧道里一待就是3个月。而北京科技大学更没有忘记有着科学头脑、并以非凡的勇气将科学技术从实验室搬到了生产第一线，让科学技术迅速转化为生产力，也为科研与工程实施的后来者开辟出了一条宽广的道路的风火山人。他们打破常规，毅然邀请第一线的风火山人指挥长况成明，第二任指挥长李景超，指挥部党委副书记、医院院长丁守全赴北京科技大学做关于青藏铁路的学术报告。在大学的讲坛上，风火山的代表们讲得有声有色，也获得了学子与教授们真诚的欢迎与少有的掌声。

中国唯一的高原病学院士吴天一，特别提到风火山隧道的大型制氧站与弥漫式供氧，称"这是国际铁路建设史上的一个伟大的创举"。

2006年1月9日至11日，全国科学技术大会在北京召开，温家宝总理在会上庄严宣读了《国务院关于2005年度国家科学技术奖励的决定》，其中，由中铁二十局集团公司所担负施工的世界第一高隧——青藏铁路风火山隧道施工技术获得国家科学技术进步二等奖。

关角山，风火山。20世纪，21世纪。既是两座永远的丰碑，又见证着一支队伍甚至一个国家所走过的风雨历程，停滞与飞跃、痛苦

■ 青藏铁路

与欢乐、阴霾与晴日。它们之间既有着必然的联系，又有着截然不同的性质。还是这支队伍，在关角山与在风火山，虽然有着一以贯之的精神内涵，却又展现出了时代境界的根本区别。一个海拔3698米，用了3年又3个月的时间，牺牲了25位战友的生命。一个海拔4905米，是世界级难题的含土冰层的多年冻土，却只用了一年时间，并获得了由6位院士领衔的鉴定委员会的高度评价。

环保：新世纪的先行者

在世纪之初的青藏铁路开工典礼的讲话中，共和国总理朱镕基突然脱开讲稿，有一段至关重要的"即兴发挥"，他要求所有青藏铁路的参建者，要认真贯彻国务院加强保护青藏高原生态环境的精神，十分爱护青海、西藏的生态环境，十分爱护青海、西藏的一草一木，精心保护我们祖国的每一寸绿地。

我们曾经有过让麻雀无处躲藏的时代，我们的诗人曾经那样自豪地歌颂过制造着污染的烟囱。而以糟蹋资源、破坏环境为代价的"经济发展"，更是到了触目惊心的地步。

而今，站在21世纪新的起点上，共和国总理的话说到了高原人民和青藏铁路建设者的心坎上，也对全世界重重的疑虑给出了一个确凿无疑的回答。

有一件事情曾让我们震撼：2005年8月16日，由青海省环保局、支铁办、林业局、国土资源局组成的联合检查团一行10余人，对中铁二十局集团公司的第7标段线路环境恢复情况进行了检查，他们用"十分满意"给以肯定，高度赞扬了风火山隧道渣场，称其是："青藏铁路全线的环保工程艺术精品。"一个本应是土地遭到严重破坏的渣场，却被风火山人建成了"环保工程艺术精品"，建设者们该付出多少智慧与努力！

虽然工程的压力已经如火烧眉毛一样紧迫，但是指挥长况成明还是在为隧道弃渣场的选址踌躇再三。他心疼这里的每块草地和草地上的每一棵草，他更是对青藏铁路建设环境保护的倡导者、设计者与督促者孙永福的话有着强烈的共鸣。青藏铁路建设领导小组副组长、铁道部副部长孙永福一遍又一遍地讲：这条铁路所经过的地区是世界上生态最为脆弱的地区，千万年才形成的高寒草原高寒草甸生态系统是世界上独有的生态系统，覆盖层十分薄，生长又特别艰难，一旦扰动和破坏就几乎是永久性的，再难恢复，必须像爱护我们的眼睛一样去爱护它保护它。在他的倡议下，青藏铁路的环保投资提高到12亿元，宁可多投入3亿元、延长线路30多公里，也要避开纳木错自然保护区和林周黑颈鹤自然保护区。

　　终于，况成明接受了"老汉"陈文珍的建议，将弃渣场建在当年武警部队修建青藏公路时的旧址上，虽然远但可以减少对于高原生态的扰动与破坏。为了恢复几十年前就已经被破坏的地方，他们将铁路路基所经过地方的草皮精心挪出，再派出专人进行养护，施肥，洒水，加盖塑料薄膜，等到弃渣场完成了它的历史使命之后，再将养护好的草皮植入弃渣场，从而让已经遭到破坏几十年的地方恢复了原有的生机，并成为青藏铁路上让人眼睛陡然发亮的景点。

　　站在这件"艺术品"旁，我们似乎忘记了强烈的高原反应，而被它紧紧地吸引着。原已破坏殆尽的草皮不仅已经恢复成活，还显现着独特的茂密与生机。就连底部2米多高的挡墙坡面，也被预制干件为骨架做成菱形的花纹，菱形中金色的草更使这花纹有着一种悦目的美观。400多平方米的弃渣场，就这样以其人文之美呈现于昆仑山与唐古拉山之间，并与这高原的自然之美融为一体，让人叹为观止。最近，可可西里自然保护局局长才嘎这样评价说：中铁二十局集团公司的第7标段，代表着青藏铁路生态恢复的最高水平。

筑建路堑、隧道开挖、架设桥梁等，因为采用这种办法将草皮挪出养活、然后再恢复的办法而形成的独特"景点"，就达十几处。

为保护这些可爱的小草，他们在施工便道两侧插上彩旗，在生活区周围设上绿色的围网，禁止车辆与人员踩轧草地。曾经有过这样的一幕，一位司机不小心让车轮超出了彩旗所标的界线，况成明一边对司机与其所属施工队按规定采取了严厉的惩罚措施，一边蹲下身子，一棵一棵地将被车轮轧伏的小草轻轻地扶起。

处在可可西里，就不能没有藏羚羊的故事，藏羚羊的故事又总会是可可西里最为悲伤也最为美丽的故事。令不义者垂涎的羊绒，曾经给它们带来残忍的猎杀之祸，作为国家一级保护动物的藏羚羊连续10年以每年近万只的数量锐减。在进入可可西里自然保护区之始，我们在保护区工委书记索南达杰的纪念碑前停留，注目。那是一次激烈的搏斗，在藏羚羊产崽的太阳湖畔，他与18个偷猎者厮杀时壮烈牺牲。

地处可可西里的风火山，建设者们当然也免不了要和藏羚羊相遇。只是想不到会以这种方式相遇。巡诊回来的医院院长、指挥部党委副书记丁守全，突然发现路的前方有一只小小的动物。他本能地放轻脚步，当他弄清是一只走失了的小藏羚羊时，一种疼惜自己的孩子般的情绪就把他这个河南汉子的胸膛搔抓得痒痒的。他与副院长贾建厚一同躲开，潜伏下来。他们要等，等它的妈妈来将它领走。这样小，站立都还不稳，真是叫人心疼，要是人，也就是才一岁多的孩子吧。它是到黄河源的扎陵湖还是要到鄂陵湖去？老丁知道，为了它们集体的安全迁移，青藏线的建设者们，曾经停止施工，拔下彩旗，熄灭电灯，好让生性胆小的藏羚羊安全放心地通过铁路建设工地。

一直等了两个小时，他们甚至忘记了一天巡诊的疲劳。但是妈妈没来。怎么办？鹰隼会叼走它，高原的寒夜也会将它冻死，也许还会有暴风雪。起风了，寒气在他们的脖间乱钻，远处雪山与天空相交处乌云涌起。丁守全脱下自己身上的褂子就将小藏羚羊包起，带回来，就成了大家的宝贝。给它弄吃的住的，连喂的奶粉都是名牌的。小藏羚羊不习惯奶粉，那就嘴对着嘴喂吧。等喂到好几斤了，得交给可可西里自然保护局了。大家都真的有点不舍。送走的那天，小藏羚羊比人还不舍得，风火山人给它脖子上围着红布，见它里里外外追着偎着蹭着风火山人，眼睛里晃动起泪花。就为爸爸对小藏羚羊的这份心意，那个给爸爸送过166颗幸运星的丁星月，专门来到可可西里自然保护局，二话没说，就把兜中的钱一股脑儿全部掏出，一把放进保护可可西里自然保护局的捐款箱里。老丁说，那是孩子几年攒下的钱，也不知道是几百元。

不知是上天的惠顾还是青藏高原对风火山人的一种知音般的亲近，指挥部刚刚安顿之时，一眼甜泉就被他们发现，而且是在他们最需要水源的时候。

他们先是在住地旁边发现了一个小小的冰丘。让风火山人想不到的是这个小小的冰丘不几天竟然长得房子般大小了。况成明有些兴奋地说，肯定是一眼泉！打开来，真的是一眼泉，一尝，很甜。赶紧化验，各项指标都符合饮用要求。真是踏破铁鞋无觅处，得来全不费工夫。这眼泉不知在这无人的高原空流了多少千万年的岁月，今天，竟等来了知音。施工用水，数千人用水，一下子迎刃而解。他们发现了它，更爱惜它，还派出专人看护它。况成明向我说，光是这眼泉，就为我们节省下了1000万元。风火山人都是重情谊的人，为它取名风火山知音泉，还打算为它立一块碑，让来来往往的人都知道它的美名

250

它的无私和它那清醇却又澹泊的君子的品性。风火山知音泉与发现它的风火山人，让我想起沱沱河北岸那块高大的"长江源"环保纪念碑。碑上撰有这样的文字：

"江河顺，民心畅；湖海清，国运昌。感念母亲河哺育之恩，中华儿女立碑勒石，示警明志：治理长江环境，保护长江生态。玉清冰洁还诸天地，青山碧水留以子孙。"

"玉清冰洁还诸天地，青山碧水留以子孙"，这不也是风火山人与风火山知音泉的真正写照吗？

（节选自《报告文学》2006年第7期）

光 荣 与 梦 想

——2008北京奥运会掠影

◎ 李琭璐

盛 装 舞 步

　　当鲜艳的五星红旗迎风飘扬，绚丽的焰火绽放出古老的中国最灿烂的表情，这个夜晚属于腾飞的中国，这份喜悦属于奥运的北京。

■ 2008年北京奥运会开幕礼花

有朋自远方来，不亦乐乎！

2008年8月8日20时，第29届奥林匹克运动会开幕式正式在中国北京国家体育场拉开帷幕。中国沸腾，世界瞩目。

夜幕之中，美丽的欢迎焰火绕场一周，在鸟巢上空灿烂绽放，激活了古老的计时器——日晷。由日晷发出的时间之光瞬间点亮了鸟巢，点亮了2008位壮士和2008面缶组成的矩形缶阵。在排山倒海般的击打声中，缶面出现了巨大的数字，引领着人们穿越时空，一同倒数迎接奥运之光的莅临。10万人异口同声形成了强大的声浪：9、8、7、6、5、4、3、2、1……

此时此刻，29个由焰火画出的巨大脚印穿过夜空，沿着北京的中轴路从天安门广场向国家体育场"走"来。29个绚烂的脚印象征着29届奥运会的光荣历史，也象征着中国的百年奥运之梦终成现实！

巧妙的构思，带给人猝不及防的视觉冲击；寓意深远的创意、无比壮观的场面让人们体验了百年梦圆的喜悦和震撼，仿佛看到古老的中华民族正大步流星地走进奥林匹克的殿堂，东方古老的文明和西方的体育精神相互结合、交融升华。

"有朋自远方来，不亦乐乎！" 2008名乐手，一边击缶，一边高声吟诵着数千年前孔子的名句，用中国独有的方式，表达着最真挚的欢迎之情。欢迎所有热爱友谊与和平的朋友们来到北京，来到中国，欢迎所有热爱奥林匹克运动的朋友们来到奥林匹克大家庭。

此刻，鸟巢四周繁星点点，犹如浩瀚的星河落入人间。仿佛跨越遥远的时空，美丽的飞天将一个由星光组成的奥运五环托起在北京的夜空。

"五星红旗迎风飘扬，胜利歌声多么嘹亮，歌唱我们亲爱的祖国，从今走向繁荣富强……"

一个无比纯净的童声在巨大的鸟巢里悠扬婉转，绕梁萦回，直入每个人的心扉。一个小小的红裙女孩，倾情歌唱，笑容甜美。伴着小姑娘稚嫩、缓缓的歌声，我们仿佛看到"东方太阳，正在升起，人民共和国正在成长……"歌声里，所有中国人无不心潮澎湃，热泪盈眶。巨大的鸟巢仿佛变成了一个共鸣体，响彻了中国人民共同的心声："越过高山，越过平原，跨过奔腾的黄河长江，宽广美丽的土地，是我们可爱的家乡，英雄的人民站起来了！我们团结友爱坚强如钢。"歌声里，一群身着中国56个民族服饰的孩子手牵着手，簇拥着鲜艳的五星红旗走进会场。

　　庄严的国歌响起，五星红旗迎风飘扬！

　　在光影变幻之中，鸟巢中央一幅气势恢宏、意境悠远的中国画卷缓缓打开，15位玄衣舞者在画卷上如同笔墨的精灵恣意挥洒，用独特的肢体语言，描绘出我们心中的山川日月，展现出人类的精神家园。伴着一曲《高山流水》，10000多名表演者，借助多媒体技术和声光电等音像效果，为全球观众打开中华文明的绚烂长卷……

　　当鸟巢中央象征中华文明发展历程的画卷再一次打开，原来的黑白水墨变得五彩斑斓。青年钢琴家郎朗和一个5岁的女孩一起，在画卷中央弹奏着舒缓浪漫的钢琴曲，为新时代、新生活奏鸣。千余名少男少女，身披亮闪闪的星光，用自己的身体搭建起一座惟妙惟肖、晶莹剔透的鸟巢。一个红裙女孩，放起一只五彩风筝，从光影鸟巢中飘然而过。这充满憧憬的美好景象，感染了全场，看台上无数观众挥动手中的手电，台上台下，万点星光……

　　孩子们用手中的画笔继续在古人留下的日月山川中渲染着色，于是群山染翠，朝阳生辉，迎接来自五洲四海参与盛会的嘉宾到来……

主 角 亮 相

在来自五大洲的五支乐队不同风格的激昂演奏中，各国运动员开始入场。

来自奥林匹克故乡的希腊体育代表团率先走进来了，走进聚满喜悦和友谊的会场。身着白衣的运动员们高大健壮，仿佛带来了地中海和橄榄树的气息。

紧随其后，205个国家和地区按照所在国家和地区简化汉字笔画顺序入场。大国和小国、富国与穷国在此时此刻一律平等，没有差别。他们在高举卷轴形标牌的美丽女孩的引导下走进这个和平与友谊的殿堂，他们是：

有5名运动员参加比赛的几内亚代表团，只有3名选手的几内亚比绍代表团，有106人的土耳其代表团，从独立以来还从没有在奥运上获得过奖牌的土库曼斯坦代表团，今年的2月刚刚成为国际奥委会第203个成员、第一次组团参加奥运会的马绍尔群岛代表团，包括38名运动员、20名教练员、15名随团后勤人员的以色列历史上最庞大的代表团……

体育大国俄罗斯派出了由467名运动员组成的代表团参加北京奥运会23个大项的角逐，代表团规模为其奥运史之最，参赛人数仅次于中国和美国。

"浪漫"是法国的代名词。在他们的周围永远都充满浪漫元素，奥运服装自然也不例外。严谨的男装有帽子的陪衬，女装则有红色斜挎小包和红色腰带的装点，都在无形中流露了浪漫的影子。

美国的596名运动员身穿出自时尚名牌拉尔夫·劳伦之手的黑白色调的学生装，大气、休闲、简约，体现了美国人的独特风格。

中国代表团最后入场，入场服的主色调源于国旗的红、黄两色，

光荣与梦想

极具中国特色和强烈的时代感。第二次担任中国奥运代表团旗手的篮球巨人姚明和可爱的抗震救灾英雄少年林浩一起带领中国代表团走进鸟巢，这一大一小的身影，映射着一个日益强大的国度里的人民战胜艰难险阻的勇气和信心。他们得到了亿万观众如潮水般的欢呼声。

国家体育场里高朋满座，神圣的仪式即将开始。

点 燃 激 情

当奥林匹克五环旗在国家体育场上空高高飘扬，一群身着白衣的少女带领着全场运动员、演员和观众，一起用双手舞动出"和平鸽"的形象，同时，"鸟巢"的膜结构碗边则变成了一块巨大的屏幕，播放着全世界各种肤色的人们"手舞和平鸽"的画面。这是一个崭新的构思：用人去演绎和平的象征，奥运和平的理念更加彰显。我们以手臂做翅膀，让心灵去飞翔，我们在心中放飞和平的梦想，我们向繁星许下平安的愿望。但愿纷争平息，但愿战火消散，但愿情谊相通，就让我们用手，用心，用笑容，向全世界传达友谊的信息。

生物学家认为，人类是世界上唯一会笑的生命，笑容是人们表达善意、相互交流的最好表情。那一夜，来自全世界的数千张笑脸展现在全世界观众面前——不同种族、不同肤色孩子们纯洁、纯真的笑容，与整个看台上八方来宾的融融笑意，交相呼应。这笑容告诉世界，在奥林匹克这个绚丽的大舞台上，北京正上演与世界各文明平等对话、交流和融合的精彩大戏。

此时，圣火由几名功勋卓著的老运动员传进了体育场，在这里，一个"最高机密"将要揭开。原国家女排队长、1984年洛杉矶奥运会冠军、中国女排五连冠的创造者、郎平当年的战友孙晋芳手持火炬跑到了体育场中央，她点燃了站在那里等待的人手中的火炬。大家熟悉的体操王子李宁在火炬的光芒中出现在万众瞩目之下。他沉

256

静地站在那里，将手中的火炬高高举起。忽然，他腾空而起，仿佛化身"空中飞人"，在鸟巢上方踏着缓缓展开的祥云长卷，向主火炬大步奔去……恍惚之间，我们似乎看到了古代神话里的"夸父"——那个孩童般的巨人为了追逐太阳，为了接近光明正在竭力奔跑。

徐徐展开的祥云长卷上依次呈现出奥运圣火在各地传递的动态影像。当画卷完全展开，李宁停在高高的火炬塔下方，将火炬伸向点火处，一道闪亮的火苗旋转上升，奔向主火炬塔，"忽"地一下，矗立在鸟巢边缘的主火炬喷出熊熊大火，照亮了北京的夜空。

奥林匹克圣火将在今后的16个日日夜夜照亮北京，照耀着那些为探索人类体能极限奋力拼搏的勇士们的奋斗之路，也照耀着这次属于全人类的狂欢盛会。

感谢北京！感谢奥运！

从8月8日到24日，从雅典到北京，从追寻奥运梦想到举办奥运，再从"东亚病夫"到世界体育强国，我们收获了成功、传承了梦想、超越了自己。我们，站在时代的边缘，无畏强者；奇迹，就是这样一点点创造！2008，奥运依然在向我们挥手，2012，我们在伦敦再见！

这一天，8月24日，又是一个不眠之夜，一个狂欢之夜。灿烂的烟花在北京的夜空盛放，照亮了即将分别的朋友们的眼睛。

我们看到了——

那三位马拉松奖牌获得者，站在高高的领奖台上，他们刚刚踏着公元前490年那位古希腊战士的足迹，完成了自己的又一个42.195公里，而在8月24日这天的闭幕式上为他们颁奖，就是让所有的人们记住，奥林匹克的精神要代代相承，永不磨灭。

257

在闭幕式上还有这样一幕格外引人注目，刚刚当选的国际奥委会运动委员会委员向志愿者代表献上了鲜花，以表示对所有志愿者默默付出的感谢。这在以往的奥运会闭幕式上是不曾出现的，也是对北京志愿者的最高礼赞。

第29届奥运会的火炬，在中国国家体育场鸟巢缓缓熄灭。伦敦市长接过了奥林匹克旗帜，这标志着4年之后，奥林匹克之火将在伦敦重新燃起。

在这届奥运会上，中国体育代表团以金牌总数第一的成绩，向世人展现了体育的魅力；同时，中国作为东道国在这届奥运会上所提供的支持和公共服务，也成了中国荣膺的金牌。这些都伴随着人们对北京奥运会的高度评价，被珍藏和怀念。

奥运会从来就不是一个人的运动会。在本届奥运会上，共有55个代表团获得金牌，有87个代表团获得奖牌，获得奖牌的代表团是历届奥运会最多的。在赛场上，人们为了不同国籍、不同名字、毫不相识的运动员欢呼。当美国运动员菲尔普斯独得8金，当牙买加短跑运动员博尔特在男子100米、200米、4×100米比赛中全部夺冠，并全部打破世界纪录，观众的掌声与欢呼声势如雷鸣。

俄罗斯运动员伊辛巴耶娃说：只有天空是我的极限。那么，我们说：只有梦想是奥运会的终点。

奥林匹克的梦想从来就不是一个国家的梦想。在北京的奥运赛场上，更多的国家用奖牌与参赛的突破，展示他们的梦想，展示他们从来就不是被奥林匹克遗忘的群体。蒙古国、多哥、阿富汗、塔吉克斯坦等代表团，在北京奥运会上首次获得金牌或奖牌。此外，本届奥运会共打破了43项世界纪录。体育是人类共有的梦想，超越了肤色、信仰、文化、语言，在这个运动场上，因为平等所以快乐并且高尚。

258

奥运会也从来不只有体育的魅力。一个民族或国家的体育意识，会直接影响其精神素质；而一场奥运会的精彩所在，体现的是一个世界的价值追求。无论是格鲁吉亚和俄罗斯两国运动员的相拥一吻，还是德国选手施泰纳把亡妻照片和奥运金牌高高举起，还是德国体操选手丘索维金娜为儿子治病而"高龄"参赛……与人性同时闪耀的，还有释然、执着和爱。这些闪耀着人文主义光辉的行为，都将被定格并成为永恒。

此刻，这不仅是中国人百年奥运圆梦，也是现代奥林匹克运动的世界圆梦。因为奥运会，我们提升了城市实力，改善了民众生活，推进了城市文明，强化了公民意识。人文、绿色和科技的内涵，实际上是中国社会稳定发展的关键词。一方面，公众从交通、场馆、文化生活等方面的进步中明显受益；另一方面，志愿者群体对公民社会的构建，国际交流成为百姓生活的常态，城市管理进一步人性化……软实力的发展更源自30年来社会内部积蓄的力量，而奥运会将这种对进步的渴望激发了出来。奥运会后的每一天，我们还会继续展现这种进取心、创造力、责任感。

7年的筹备，16天的绽放，从追梦到圆梦，从梦想奔向新的梦想——在未来，人们会记住本届奥运会上产生的人类体育的巅峰记录，还会想念鸟巢、水立方里的经典一刻。但最重要的是，人们会记得现代奥林匹克运动在一个古老国家的首都，展现出的自由、平等、拼搏和快乐。在一个发展中国家举办奥运会，国际奥委会曾预言："北京奥运会将给中国和世界体育运动留下独一无二的遗产。"今天，预言成真。

每一届奥运圣火都会熄灭，然而，它又永远不会熄灭，我似乎已经看到了，它正在伦敦升起。

光荣与梦想

奥林匹克的魅力在于，它的精神，作为烛照人类前行的火炬，将永远熊熊在前！

再一次地，深深地拥抱北京！再一次地，深深地拥抱奥运！

（节选自《报告文学》2008年第9期）

拯救亿万生命的"青蒿女神"屠呦呦

◎ 王 路

求学不倦的"呦呦小鹿"

20世纪30年代，在浙江省宁波市开明街508号，一个梳着羊角小辫的女孩子，正在阁楼上，把一本本厚厚的中医古籍拖出书架，《神农本草经》《伤寒杂病论》《千金方》……虽然年幼的她看不懂很多字，念得磕磕巴巴的，但却并不影响她对传统中医文化的爱好与探索。

这个女孩子，就是屠呦呦。

屠呦呦的爸爸是毕业于宁波效实中学的开明商人，在上海太平洋轮船公司工作，对国学和西学都颇有研究。

屠爸爸以2500多年前先人留下的灿烂文化结晶——《诗经·小雅·鹿鸣》中的"呦呦鹿鸣，食野之蒿。我有嘉宾，德音孔昭"为灵感，给小女儿取了屠呦呦这个名字。

屠爸爸经常教屠呦呦背古文，而屠母虽然不识字，也非常支持自己的小女儿读书认字。屠呦呦的爷爷是当地著名的老中医，他留下的中医典籍是屠呦呦小时候最爱看的书。

而在当时的民间，很多老百姓依然残留着男尊女卑，女孩子不能抛头露脸等封建落后思想，个别人甚至依然坚持缠足的恶习。

261

屠呦呦父亲决定，绝对不能让屠呦呦受这种愚昧落后的封建思想的影响，他把6岁的屠呦呦送往崇德女校就读。

崇德女校是当时的宁波乃至全中国，最先进的采用中西结合教育法的女子学校。屠呦呦在学校里不仅能学到古文、英语、数学、化学，还能学弹钢琴、唱歌、缝纫和刺绣。

不过，屠呦呦最喜欢上的，还是在三层洋灰小楼里进行的实验课。

这座实验楼是崇德女校的镇校之宝，实验楼里有着非常先进的玻璃仪器、标本和药剂等实验器材，这其中，有一批从英国进口的显微镜——全铜镜身，手工打磨的镜片。

不过在宁波的民间，流传着一个关于实验楼的荒唐可笑的故事——崇德女校的实验楼，是用来拿小孩子的眼珠子炼银子的邪门地方。

谣言吓得家长跑到学校，把自己的孩子接回了家。幸好学校的老师们反复上门做工作，开放实验室给市民参观，这才平息了这场因为愚昧无知而引发的风波。

■ 屠呦呦

屠呦呦喜欢在实验楼里跟着老师做各种试验，灵巧的小手如同蝴蝶一样在烧瓶、烧杯、酒精灯等器具之间翻飞，将不同的物质组合在一起，然后观察发生的神奇反应；她喜欢用皮毛摩擦玻璃棒，然后吸附发丝——原来这就是传说中雷公电母打出的闪电的本质；她最喜欢趴在显微镜前，看到平时用肉眼看不到的微生物的世界，原来一滴水中，真的有无数的小精灵……

每当屠呦呦在学校遇到困难时，她都会想起哥哥屠恒学勉励自己的话。屠恒学在赠送给妹妹的相片背后写道："呦妹：学问是无止境的，所以当你局部成功的时候，你千万不要认为满足，当你不幸失败的时候，你亦千万不要因此灰心。呦呦，学问决不能使诚心求它的人失望。"

学校的中西合璧教育和家庭良好的传统文化熏陶，造就了屠呦呦扎实的知识功底和宽广的视野。

经受战火磨炼的女状元

正当屠呦呦在学校认真读书时，可怕的战争、惨无人道的细菌武器以及疾病，接二连三降临到她弱小的身躯上。

1937年卢沟桥事变，日本全面侵华！

在纷飞的战火中，崇德女校也受到了波及，位于姚江旁的校舍多次遭到日机的轰炸，屠呦呦不得不转到鄞县私立鄮西小学读书。然而没多久，她又再次被迫中断了正常学习。

但屠呦呦并没有气馁，她回到家中，向自己的父亲以及哥哥们求教，在家中努力自学。

屠呦呦小小的心灵明白了求学更重要的意义，读书，并不仅仅是为了让自己不缠足，摆脱封建礼教的压迫，读书，更是为了报效国家，让多灾多难的中华强大起来，把侵略者赶出家园！

然而，屠呦呦低估了日本侵略者的凶残与无耻。1940年10月27日晨7点，更可怕的恶魔降临到屠呦呦以及宁波的父老乡亲们的身上——那就是细菌炸弹！

日军最臭名昭著的731细菌部队和1644部队，利用鼠疫病毒培育跳蚤，最后通过位于舟山的空军部队空投到宁波开明街上空。

在屠呦呦家人的身边，有130多个平民因为感染了鼠疫而病亡，整条开明街被划成了疫区。

屠呦呦一家人虽然幸运地没有感染鼠疫，但为了杜绝鼠疫的传播，11月30日，疫区内的房屋被全部烧毁，屠呦呦不得不离开留着自己美好童年记忆的家。

幼小的屠呦呦看到，熊熊大火在宁波最繁华热闹的市中心燃烧，她曾经和家人一起看电影的民光影院，唱着好听的甬剧的大世界舞台，有着美味的猪油汤团的缸鸭狗汤团店，统统在烈火中被烧成了灰烬！

屠呦呦跟着爸爸妈妈搬到了外婆家——开明街26号的莲桥第。

然而，刚刚住进淡雅别致小楼的屠呦呦却突然病倒了。

她得了肺结核。当时的肺结核被人们视为绝症，受战火的影响，屠呦呦父亲四处寻访，也找不到治女儿的良药。

整整花了两年半，屠呦呦的肺结核才被治愈。

从屠呦呦呱呱坠地，一直到高中，她人生中最美好的童年、少年岁月，都笼罩在战争的阴影中，她的邻居、同学甚至亲戚，都有人死在战火或者因战火引发的饥饿、疾病中。

而屠呦呦的求学路也同样走得非常艰辛，为了躲避战火，她曾经和同学们一起，举校远迁到乡间，借农村的祠堂，就着蜡烛光，忍受着蚊虫叮咬读书；课本和教学器具被毁或遗失，她就亲手抄书，一笔一画地把一本本厚厚的课本抄出来；她还帮着老师一起动手做教具，手持小榔头，用收集来的树枝、木板做三角板、圆规等器材……

很多同学都忍受不了这种动荡与艰苦，纷纷停止了学业。屠呦呦在效实中学读高一时，她所在的班里有51名学生，可到了高二下半学期，教室里就只剩下36名学生，像屠呦呦这样坚持下来的女学生，更是凤毛麟角。

但即使在这样艰苦甚至是生命安全都不能得到保障的学习条件下，屠呦呦依然取得了出色成绩。

1951年11月，21岁的屠呦呦考入了北京大学医学院，成了家乡人人夸奖的"女状元"。

大水缸里浸出来的青蒿素

20世纪60年代。

屠呦呦带着同事，拉了七口大水缸走进了中医研究院。

咦，难道屠呦呦是想在研究院里腌白菜？

在人们好奇的目光中，只见屠呦呦把大捆大捆的青蒿塞进了大水缸里，然后挑来清水，把青蒿浸泡在凉水里。

原来，这是屠呦呦正从青蒿中寻找治疟疾的救命药。

1967年5月23日，根据毛主席亲自布置的抗疟疾新药研发的指示，国家科委、中国人民解放军总后勤部在北京饭店召开了"疟疾防治药物研究工作协作会议"（此后项目代号称"523任务"），针对热带地区抗药性恶性疟疾严重影响部队战斗力的问题，开展防治药物的研究。

此次研究声势浩大，中央组织了国家部委、军队及10个省、自治区、直辖市的医药科研、医疗、教学、生产等60多个单位，全国直接、间接参加这个项目的人员有数千人之多。

当时，屠呦呦从北京大学医学院毕业后，分配在卫生部中医研究院（现中国中医科学院）中药研究所工作。

屠呦呦在"523任务"中，负责中医药方面的研究。她接受任务后，和丈夫李廷钊共同做出了一个艰难的决定：为了确保屠呦呦能全身心投入研发治疟疾的新药，大女儿只能送到幼儿园全托，请同事代

265

■ 青蒿

为照顾，而尚在襁褓中的小女儿则被送到宁波老家，由外婆外公来带。

有一天，屠呦呦从古代名医葛洪所著的《肘后备急方》，看到了一个古方：青蒿一握。以水二升渍，绞取汁。尽服之。

渍，就是浸泡，用冷水浸泡。

屠呦呦突发奇想，决定用冷水浸泡青蒿，这才有了开头拉大水缸进中医研究院的一幕。

不过，用冷水浸泡青蒿并不理想，屠呦呦和同事们又将大水缸中的冷水替换成酒精、乙醇等物，但依然失败。

1971年，10月4日。

穿着厚厚棉衣的屠呦呦走进了中医研究院的实验室，取过笔记本，记下了这次试验的编号，191号。

这三个数字，意味着自从屠呦呦创建青蒿冷处理法以后，已经和同事们一起开展了190次试验，但也经历了190次失败！

今天，屠呦呦要试验一种全新的药剂——乙醚。

不过，乙醚的危害性非常大，如果不小心吸入身体，就会对身体内的器官造成永久性的伤害。

屠呦呦小心翼翼地把扎成一个个团饼的青蒿叶，浸入了乙醚液体里，经过一连串复杂的手续后，她从乙醚液体里得到了一种黑色、膏状的提取物。

屠呦呦把黑膏喂给一只已经感染了疟疾的小白鼠，取了几滴血，放到了显微镜下。

我爱你，中国

266

在显微镜的载玻片上，钻在血红细胞里的，两头尖中间粗的疟原虫，已经彻底死亡！

屠呦呦用颤抖的手，在笔记本上记下：疟原虫，死亡率，100%！

从1969年1月，到1971年10月4日，屠呦呦从数千种中药中，选中了200多种抗疟中药，历经380多次实验，光数据卡片就有厚厚的2000多张，最后，终于在青蒿冷浸法的第191次试验中，利用乙醚成功从青蒿里提取到了高效杀灭疟原虫的药物——青蒿素！

青蒿素诞生至今已经有40多年，近90岁高龄的屠呦呦并没有停止攀登科学高峰的脚步，如今，她正带领一批年轻的科学家，探索用青蒿素治疗癌症。

屠呦呦奉献给人类的，不仅仅是青蒿素，更是一座知识的宝库！一座生命的丰碑！

（选自《小学生时代》2019年第Z1期）

拯救亿万生命的「青蒿女神」屠呦呦

智者先行　不可估量

◎ 陈欢欢

　　2016年8月16日凌晨，世界首颗量子科学实验卫星"墨子号"在酒泉升空。从此，浩瀚的星空中多了一颗中国制造的"量子星"。

　　就在此前几天，另一枚"重磅炸弹"已然释放。2016年8月8日，国务院印发《"十三五"国家科技创新规划》，其中明确提出部署"量子通信与量子计算机"重大项目。

　　"墨子号"不仅将中国人的名字写进了量子物理学历史，亦如一颗投入水中的小石子，激起层层涟漪。美国、欧洲、日本纷纷启动国家级量子计划。

　　智者先行，故从者众。它们追赶的目标只有一个——中国。

搭上改革快车

　　"以前做梦也想不到我们会来这里。"坐在位于上海浦东的办公室里，中国科学院院士、中科院量子信息与量子科技创新研究院（以下简称创新研究院）院长潘建伟向《中国科学报》感慨说。

　　2007年，为了方便同中科院上海技术物理研究所（以下简称上海技物所）、中科院上海微小卫星工程中心（现中科院微小卫星创新研究院）等单位合作开展卫星量子通信的关键技术攻关，潘建伟的团

268

队选择将中国科学技术大学上海研究院作为落脚点。

时至今日，这里仍未被公共交通网络覆盖，距离最近的公交车站、地铁站都在两公里以上。那几年，团队的骨干成员每天去30公里外的上海技物所"上班"，有时加班太晚，干脆就住在附近的宾馆，第二天起来接着干。

■ "墨子号"量子通信卫星模型

为了"墨子号"，中国科学技术大学（以下简称中国科大）同中科院系统的多家兄弟单位——上海技物所、上海光学精密机械研究所、上海微系统与信息技术研究所、微小卫星创新研究院、光电技术研究所（以下简称光电所）等形成了紧密的合作关系。这样的基础使其日后顺利成为中科院首批启动建设的4个卓越创新中心之一的核心团队。

2014年，中科院启动实施"率先行动"计划。作为提纲挈领的一项重要举措，研究所分类改革得以迅速展开。其中，集合优势单位协同创新，发挥"尖刀连"的作用，并在某一个方向迅速迈向国际前沿，是卓越创新中心承担的历史使命。彼时，中国科大的量子信息科技研究正好具备了这样的基础。

量子指的是物质不可再分的基本单元，例如光量子（即光子）就是光能量的最低单元，不可再分为"半个"光子、"三分之一"个光子了。量子纠缠是奇特的量子力学现象。通俗地说，两个处于量子纠缠状态的粒子就像有"心灵感应"，无论相隔多远，对其中一个粒子进行测量得到某一结果，另一个粒子也会瞬时相应塌缩到某一量子状态。因此，由此衍生出来的量子通信技术，是唯一被严格证明的无条件安全通信方式，可以有效保障国防、政务、金融等领域的信息安全传输。

量子信息科技所具有的革命性意义已不言而喻，世界各科技强国都投入巨资抢占制高点。但在上世纪90年代末，量子信息科技的实验研究还处于早期发展阶段，中国科大虽然起步较早、在某些方向领先，但几支团队规模都较小。

"慢慢地我们发现要做出高质量原始创新，靠这种单一实验小组的模式不行。"潘建伟回忆。尤其是2011年量子科学实验卫星项目启动，这项原本属于基础研究的工作正式进入追求零失败的航天工程领域，愈发凸显出多学科交叉、各项关键技术集成的必要性。

中科院高度重视量子信息科技的布局和发展。2014年10月，中科院量子信息与量子科技前沿卓越创新中心（以下简称卓越中心）正式成立，依托中国科大建设。

成立之后，国际国内形势风起云涌，卓越中心很快产生了危机感。在国内，量子信息上升为国家战略，国家层面抓紧部署科技创新2030—重大项目"量子通信与量子计算机"，并积极筹建量子信息领域的国家实验室。国际上，第二次量子革命方兴未艾，美国、英国等发达国家纷纷投入重金部署国家级量子科技计划。

"这意味着我们随时有'起个大早、赶个晚集'的风险，本来我们只把'脑袋'放到卓越中心，现在则需要部署全链条集成。"潘建伟说。

2016年底，卓越中心适时向中科院党组提出，为了更好地承担起国家在量子信息科技领域的战略，将小而精的"尖刀连"拓展为体量更大的"集团军"——量子信息与量子科技创新研究院。

这一请求迅速得到响应。2017年7月，卓越中心正式转为创新研究院，服务于国家重大科技项目，并为筹建国家实验室作积极探索。同年，合肥综合性国家科学中心建设方案得到国家发展改革委和科技部联合批复，而创新研究院将作为骨干力量参与建设。

"可能因为我们的方向比较新，总是幸运地赶上中科院改革的第一班车。"潘建伟说。

搭着这班顺风车，卓越中心以及其后的创新研究院很快取得了一系列重大创新成果："多光子纠缠干涉度量学"研究成果获得2015年度国家自然科学奖一等奖；首次实现多自由度量子隐态传输，并被英国物理学会评为年度国际物理学十大突破之首；开通首条远距离量子通信干线——"京沪干线"，为探索量子通信干线业务运营模式进行技术验证，已在金融、电力等领域初步开展了应用示范并为量子通信的标准制定积累了宝贵经验；实现首次洲际量子通信，构建了天地一体化广域量子通信网络的雏形，并被美国物理学会评为年度国际物理学重大事件；研制出世界首台针对特定问题的计算能力超越早期经典计算机的光量子计算原型机。

《自然》杂志评价称，在量子通信领域，中国用不到十年的时间，由一个不起眼的国家发展成为现在的世界劲旅。

十年磨一剑

如果要用一个词来形容中国科大和上海技物所在"墨子号"上的合作，双方不约而同地选择了"碰撞"。

第一次"碰撞"发生在2009年。

外太空因为几乎真空，光信号损耗非常小。将卫星作为中继器，可以大大扩展量子通信距离，甚至实现全球化的量子通信。为验证这一大胆设想的可行性，中国科大和上海技物所、微小卫星创新研究院等单位合作，首先在青海湖进行百公里量子通信实验，量子纠缠源则设置于湖中的一座岛上。

岛上没水没电，昼夜温差大，冬天湖面结冰，只有一座寺庙和一些僧侣。为了避免日光的影响，量子实验都在晚上进行。于是，几个年轻人夏天上岛，晚上做实验，白天下山挑水，再上山洗衣做饭。帐篷、炉子、发电设备都要自己搭建。青海湖管理局的工作人员每10天过来送给养，此时便成了科研人员最热闹的时光。

为了积累数据，实验一做就是3年。2012年8月，潘建伟等人在国际上首次实现百公里量级的自由空间量子隐形传态和纠缠分发，这意味着在高损耗的星地链路中，也能够实现单光子级别的量子通信。

经过这次磨合，第二次的"碰撞"更是火花四射，因为这一次，他们不仅要将实验搬出实验室，还要搬上太空。

作为世界首颗空间量子科学实验卫星，"墨子号"没有前人经验可借鉴，做第一个吃螃蟹的人，难度可想而知。上海技物所研究员、量子科学实验卫星工程常务副总师、卫星系统总指挥王建宇告诉《中国科学报》："我们以前做各种各样的卫星一般都有个参考，但量子卫星真的没底，是一个从未有过的巨大挑战。"

关于星地间量子纠缠分发的难度，王建宇曾有一个令人印象深刻的比喻：就像在太空中往地面的一个存钱罐里扔硬币。不仅如此，天空中的"投掷者"相对地面上的"存钱罐"还在高速运动。

明知山有虎，偏向虎山行。中国科学家不仅要做世界第一颗量子卫星，还要做一颗有实实在在科学影响力的量子卫星。为了实现这一目标，两个团队发生了激烈的"碰撞"。为了实验更出色，"激进"的科学家不断提出新的想法，而"保守"的工程师则希望减少改动，提高稳定性。

我爱你，中国

"那段时间，我和王建宇也经历了激烈的磨合。事实证明，干大事必须精诚合作。"潘建伟坦言。所幸，这是一颗深深打上中科院烙印的卫星。

"科学家只要提出想法，我们就照着设计。大家都是科学院出身，骨子里追求卓越、渴望创新的文化是一脉相承的。"上海技物所研究员、量子科学实验卫星系统副总师舒嵘说，虽然课题组间也有自然形成的合作，但和卓越中心、创新研究院体制下的合作相比，性质完全不同。

"碰撞"的结果是，"墨子号"各项性能都优于设计指标，原本计划两年完成的科学实验任务不到一年就完成了。2017年6月，《基于卫星的纠缠分发距离超过1 200公里》以封面文章形式发表在《科学》上。"墨子号"量子科学实验卫星科研团队也因此获得2018年度美国科学促进会克利夫兰奖，这是90余年来，中国科学家在本土完成的科研成果首次获得这一重要荣誉。

"这个时候我们的合作已经体现出了创新研究院的价值，那就是集中力量干大事。"潘建伟认为。

为了卫星上天，团队里的年轻人有的从科学家变成"半个"工程师，有的则从纯粹的工程师进入了前沿研究领域。

其中就包括科学应用系统主任设计师、创新研究院副研究员任继刚。任继刚记得自己读博士时第一次听潘建伟作报告，仿佛在听一个科幻故事，没想到日后竟成了故事中的一个角色。"印象最深的是2014年春节，我们做实验做到年三十凌晨3点。"他说，直到2017年实验基本完成后，所有人才度过了一个"史上最开心"的春节。

2016年8月16日，经过中国科大、上海技物所、微小卫星创新研究院、光电所、国家天文台、紫金山天文台、国家空间科学中心等十多个团队历时5年的合作，"墨子号"成功发射。所有人长舒一口气，但这不是终点。

卫星于凌晨升空后，几位主任设计师立刻从酒泉赶往各地面站。由于卫星在夜晚经过，且在地面站上空的过境时间仅有几百秒，因此一入夜，河北兴隆、青海德令哈、乌鲁木齐南山、西藏阿里、云南丽江5个地面站便忙碌起来。

"8月18日凌晨，我们在德令哈地面站第一次将地面的信标光覆盖到'墨子号'，为离开地面近48小时的'墨子号'点亮了灯塔，建立了星地互联的第一步。"量子纠缠源载荷主任设计师、中国科大教授印娟回忆说。

■ 中国科学院云南天文台丽江观测站

2017年8月，"墨子号"提前一年完成星地量子纠缠分发、星地量子密钥分发、地星量子隐形传态三大既定科学目标，向世界宣告我国在国际上首次实现空间尺度的量子科学实验研究。

中科院院长、党组书记白春礼对此评价："墨子号"开启了全球化量子通信、空间量子物理学和量子引力实验检验的大门，为中国在国际上抢占了量子科技创新制高点，成为国际同行的标杆，实现了向"领跑者"的转变。

回忆起这次合作，王建宇有四点体会："第一，原创的科学思想是灵魂；第二，决策层下定决心让科学家去闯，才有了今天的成绩；第三，团队协同作战效果显著；第四，科学团队和工程团队必须互补。"

最优最简互补

在人才培养上，潘建伟有一个至今为人称道的做法，那就是将优秀的学生有针对性地送到国际顶尖团队学习和开展合作，再将掌握的关键技术带回国内。

于是，陈宇翱去德国马普所、赵博去奥地利因斯布鲁克大学研究超冷原子量子调控，张强去斯坦福大学研究参量上转换探测器，陆朝阳去剑桥大学研究量子点光源，张军去瑞士日内瓦研究单光子探测器……

潘建伟回忆说："当时国内实验室很缺人，但不把人送出去学习的话将来这把火肯定烧不旺。所以尽管国内对人才极度渴求，但还是把人送走了。"

如今，随着这批年轻人的集体归国，这把量子通信的火真正烧起来了，他们也个个成为独当一面的研究室负责人。

卓越中心升级为创新研究院后，改变了过去几个团队各为一个研究室、相互间仍以自发合作为主的组织模式，统筹设置了量子通信、

275

量子计算、量子精密测量、光电子与微电子器件4个研究部，每个研究部下设若干个研究室，整合相关的优势研究力量。例如，量子计算研究部包含光量子计算、超冷原子量子模拟、离子阱量子计算、硅基量子点量子计算等多个研究室。组成每个研究室的各个团队，围绕研究部的主任务，在各个分系统上开展协同攻关。

如何让这么多人彼此不重复又能相互促进、协同创新？"我们的原则是'最优最简互补'。"潘建伟吐露了秘诀，"创新研究院每次引进人才时一定要问三个问题：是不是全国最好的？是不是有重复？能否形成互补？"

按照"最优最简互补"的原则，创新研究院在建设过程中重新调整了组织架构，根据我国在量子信息科技领域已有的区域集群优势，形成了"合肥总部＋北京分部、上海分部、济南基地＋相关研究单位"的研究队伍布局，各部分朝向一个共同的主任务，既各司其职又相互配合。这种科学组织架构很大程度上避免了"内耗"和"打架"，也让创新研究院近年来迎来一个高速发展的阶段。

量子科技涉及物理学、信息学、材料学、工程技术等众多领域，一家科研机构难以包打天下。为此，创新研究院独具特色地联合了清华大学、北京大学、复旦大学、浙江大学等高校的力量，形成全方位的协同合作网络，并通过国家重点研发计划、中科院战略性先导科技专项等，积极组织全国力量协同创新、集中攻关。

通过制度改革，创新研究院不断加强依托单位与共建单位的协同创新合力，并建立起大型仪器设备、重大科研基础设施等科技资源的统一管理机制，充分提高了已有资源的统筹利用效率。

"通过项目将大家组织起来，协同全国的科研力量，但又不是完成项目后一哄而散。"潘建伟表示，从前每个团队都需要进行全链条创新，现在则可以只做自己擅长的部分，推动各学科协调发展。

同地方共建也是创新研究院的一大特色。在引进人才方面，安徽省和合肥市都提供了力度较大的政策支持。不过，对于创新研究院来说，真正能留下人的还是事业。以"墨子号"团队为例，具体负责项目的主任设计师几乎全是"80后"。任继刚、印娟等人都是在国内成长起来的科研骨干。

"青海湖的项目完成后，潘老师提出让我留下继续做卫星，刚博士毕业就能做卫星吗？这让我觉得很不可思议。"任继刚回忆。

研究超导量子计算的朱晓波则是从兄弟单位中科院物理研究所加入创新研究院的。不久前，他们刚刚成功实现了12个量子比特的多体真纠缠态"簇态"的制备，刷新了超导量子比特纠缠的世界纪录。

"量子计算机意义重大，我们的目标是做出实际应用。"朱晓波说，超导是目前最受关注的量子计算方案之一，也是谷歌、IBM等商业公司投入最大的方案。

"我们在这一方向上虽然是追赶者，但创新研究院可以凝聚力量形成协同攻关，跟世界最前沿的研究组竞争，不管中间有多困难，都不会改变我们的信念。这也是我加入创新研究院的原因。"朱晓波说。据悉，在创新研究院，朱晓波除了自己的学术团队，还有一支近30人的团队为他们提供支撑服务。

"创新研究院的作用就像土壤。"潘建伟说，"在单个研究小组中，很多种子只能长成花盆中的盆景，但在创新研究院多学科交叉融合和协同创新的模式下，我们希望每颗种子都能长成参天大树。"

目前，科技创新2030—重大项目"量子通信与量子计算机"实施方案已形成，专家组一致建议尽快启动。作为我国量子科学领域研究的领军机构，创新研究院将牵头肩负起这一重大项目，着力解决量子信息与量子科技领域一系列前沿科学问题，突破一系列关键技术和核心器件，培育形成量子通信等战略性新兴产业。

加速加速再加速

20年前，潘建伟最常被问到的一个问题是：量子信息科学，欧洲美国都刚刚起步，我们为什么现在要做？每次他都耐心讲解量子科技革命的意义，结果却不尽如人意。"难度太大""不靠谱""做不成"是他最常听到的评价。

潘建伟认为那段时间是自己研究生涯中最困难的一段时期：学科方向不被理解，申请经费四处碰壁。

2002年，潘建伟提出自由空间量子通信的构想，同样遭到了各界质疑。一筹莫展之时，他接连从中科院获得了"第一桶金""第二桶金"。在一次项目申请会上，面对诸多质疑声，当时中科院分管基础研究和人才引进的领导发言强调：潘建伟发过很多高质量文章，得到了国际认可，科学院作为支持原始创新的机构，能不能让他试一试？

就这样，潘建伟拿到了中科院的经费。他很快在2004年底进行了国内第一个自由空间实验，在合肥创造了13公里的双向量子纠缠分发世界纪录，而此前的国际纪录是600米。由于整个竖直大气层的等效厚度为10公里左右的近地面大气，实现了13公里的量子纠缠分发就意味着光子能够突破大气层，有效验证了星地量子通信的可行性。

到了2009年，当潘建伟向着实现星地量子通信的梦想努力前进时，主要的质疑声依然是那个问题：卫星量子通信，外国都没人做，我们是否太冒失？那时，我国以业务卫星为主，科学卫星渠道很少。关键时刻，又是中科院前瞻性地设立了空间科学先导专项，"墨子号"

幸运地成为专项支持的首批科学实验卫星之一。

潘建伟没有辜负期望。"墨子号"和"京沪干线"引发的"蝴蝶效应"是巨大的——欧美国家明显加快量子通信领域的布局，同这两项工程在我国率先成功实施直接相关。

"中科院能相信我的科学判断，让我往前走一步，是需要勇气的。而我们能够20年来坚持在科学上毫不动摇，也是因为有中科院体制的支持。"潘建伟强调说。

支持越大，责任就越重。"墨子号"是一颗低轨卫星，每天经过中国上空两次。王建宇透露，在国家支持下，创新研究院计划再设计一颗高轨卫星，以便未来可以随时随地做实验。"这次的难度就不是扔硬币了，可能比纽扣还要小，但我们已经在准备了。"

印娟则介绍，创新研究院正在着手制定相关模式标准并推广到全球，等未来建起一张全球量子卫星通信网时，我国将发挥主导作用。

2017年11月，美国开始禁运量子密码相关设备和器件，12月又扩展到包括整个量子信息和传感等14个领域。随后，欧洲也陆续开始禁运相关设备。

"以前我们能在全世界购买性能好的元器件，后来他们不卖了，我们只好买材料加工。好不容易加工品质提上来了，高品质的原材料又不卖了。现在更糟糕，凡是跟量子信息加工有关的产品都不卖了。"潘建伟说。

做分子束外延的中国科大教授霍永恒就是在这样的情况下被引进的。他坦言："如果在10年前未必会引进我，但现在不同往日，我们只能自己做。"

近几个月，潘建伟感到自己的思想转变很大。"以前是集成全球的创新要素做创新，现在就必须考虑，如果别人什么都不给，我们还能不能创新？！"

在他看来，这更说明从卓越中心转到创新研究院的必要性。量子信息科学有明确的应用导向，创新研究院的目标亦不仅仅是发表文章，完成转化应用才真正实现了科技创新的价值。"再不加速就真的只能停留在基础研究了"。

目前，量子通信是创新研究院四大方向中最接近于实际应用的方向。量子保密通信"京沪干线"全长2 000余公里，目前正在国家有关部门的支持下制定标准，为将来量子通信干线的商业运营和规模化应用奠定基础。在面向世界科技前沿和国家重大需求的量子精密测量、量子计算、量子传感等方面，创新研究院也将为技术发展作出重要贡献。

"创新研究院一定要领跑，不然就变成了'跟踪研究院'。现在国际上追赶的速度很快，很多方面我们还要向别人学习，丝毫不敢懈怠。"对于未来，潘建伟如是说。

（选自《中国科学报》2019年7月12日）

编 后 记

2009年，我们组织编写了爱国文学精品读本《我爱你，中国》，今年，我们在此基础上做了修订。修订过程中，我们将结构顺序做了调整，部分章节标题做了改动，每个章节增添了内容要领，作为阅读指引。内容上做了增删，增加了6篇，删除了16篇，以切合时代特点。同时对原书的图片做了较大的调整，选取了与文章内容相匹配的图片以辅助阅读。

这本《我爱你，中国——跨越百年爱国诗文精选》，里面的文章写作时间跨越百年，文体不一，我们更侧重于它们"史"的价值，记录了中华民族百年的奋斗历史、精神风貌。我们希望我们的孩子们在阅读这些诗文的过程中更加了解中国，生发出爱国情怀。

作为一本汇编作品，能将一篇篇爱国诗文收集成册出版，实属不易。这里，要感谢各位作者赐稿，感谢中国文字著作权协会协助解决版权问题，感谢中国国际文化影像传播有限公司、上海图虫网络科技有限公司供图。

本书部分文字作品稿酬已向中国文字著作权协会提存，敬请相关著作权人联系领取。
电话：010–65978917，传真：010–65978926，
E-mail：wenzhuxie@126.com

图书在版编目（CIP）数据

我爱你，中国：跨越百年爱国诗文精选 / 于漪主编.— 上海：上海教育出版社，2022.11
ISBN 978-7-5720-1736-0

Ⅰ.①我… Ⅱ.①于… Ⅲ.①诗集 – 中国②散文集 – 中国 Ⅳ.①I211

中国版本图书馆CIP数据核字(2022)第218807号

责任编辑　戴燕玲
封面设计　王　捷

我爱你，中国：跨越百年爱国诗文精选
于　漪　主编

——————————————————————————————

出版发行　上海教育出版社有限公司
官　　网　www.seph.com.cn
地　　址　上海市闵行区号景路159弄C座
邮　　编　201101
印　　刷　上海展强印刷有限公司
开　　本　700×1000　1/16　印张18　插页1
字　　数　218千字
版　　次　2023年2月第1版
印　　次　2023年2月第1次印刷
书　　号　ISBN 978-7-5720-1736-0/I·0139
定　　价　78.00 元

——————————————————————————————

如发现质量问题，读者可向本社调换　　电话：021-64373213